解体の勇者の成り上がり冒険譚 3

A L P H A　L I G H T

無謀突撃娘
muboutotsugekimusume

アルファライト文庫

MainCharacters....
主な登場人物
リシュナ
ユウキの臣下《しんか》の一人。
双子《ふたご》の妹。
ユウキ
本作の主人公。役立たずとして
勇者のパーティを追放された。
得意の解体技術を駆使《くし》して
成《な》り上がっていく。
リシュラ
ユウキの臣下の一人。
双子の姉。
アリーナ
大農家の美人三姉妹の三女。
人見知りな性格。

ジーグルト伯爵《はくしゃく》
領地《りょうち》に鉱山を持つ大貴族。
とある悩《なや》みを抱《かか》えている。
シュニー
大農家の美人三姉妹の長女。
セクシーで色っぽい。
エーディン
ジーグルト家の娘。
ちょっとした動きで胸が揺《ゆ》れる。
シェリー
大農家の美人三姉妹の次女。
明るく行動的。

第一章　陶芸伝承《とうげいでんしょう》

ユーラベルクギルド支部長室に、リサギルド支部長、その甥《おい》である少年のムルカ代爵《だいしゃく》、そして数多くの技術者たちが集まっていた。

皆一様《いちよう》に、ムルカ代爵が持ってきたあるモノを凝視《ぎょうし》している。

それは器《うつわ》であり、その素材は木材ではなく不思議な何かであった。

土のように感じられるが、表面の光沢《こうたく》には深い渋《しぶ》みがあり温かさがある。触《さわ》った感触《かんしょく》は滑《なめ》らかで金属に近い。それなのに持ってみると軽い。白、茶、緑などの色が付いており、その塗料《とりょう》は完全に定着していた。

このような不可思議《ふかしぎ》な物は冒険者ギルドの歴史には存在しなかった。様々な学者や研究者を抱《かか》えるギルド支部でも初めて見たと――

リサは問いかける。

「ムルカ代爵」

「……は、はい」

おずおずとムルカは返事をする。ギルドの幹部《かんぶ》らが集まっており、緊張《きんちょう》しているのだ。
彼はこのような会合に出席するのは初めてだった。

「これは何なのかと問うているのです」

リサが強い口調《くちょう》で尋《たず》ねると、ムルカは懐《ふところ》から手紙を取り出す。
器の製作者が記したという手紙の出だしには、「木製食器に代わる工芸品」とあった。
さらに、次のようなことが書かれていた。

村の近くの山々には、この陶器《とうき》の元となる上質な粘土《ねんど》が無尽蔵《むじんぞう》に埋《う》まっている。それを独占《どくせん》して製造・販売すれば、莫大《ばくだい》な利益が得られる。そして、この器の製造法にはさらに発展が期待できる技術がある——そうしたことが短くまとめられていた。

リサは手紙の内容に驚《おどろ》きつつ、その要約を周囲にいた者たちに伝える。

幹部の一人が前のめり気味に発言する。

「で、では！　最優先であの辺りの土地を買い占《し》めましょう」

現在、ギルドが所有している土地は村の周囲のみ。もっと広い範囲まで買い占めれば、今後ギルドにどれだけの利益を生み出すのか……

幹部たちは息を呑《の》み、口々に言う。

「この器は、土地所有者に見せないほうがいいでしょう」

「そうだな。見せると売るのを渋るだろう」

「さようですな」

全員の意見が一致し、「この器は当分秘匿《ひとく》すべきである」そして「土地や必要な物資などを先に買い占めるべきだ」ということになった。


いったん話し合いを終えたところで、幹部の一人がムルカに話しかける。

「ムルカ代爵」

「は、はい」

「持ち込まれた新技術である陶芸は、実に素晴らしきものであった。この功績《こうせき》をもって、貴殿《きでん》を正式な『職業貴族』に任じたい」

「ええっ。僕がですか……！」

「なお、正式な爵位《しゃくい》の授与《じゅよ》はしばらく先だ。それまでに現地で、器を製造するための材料、道具、職人も揃《そろ》えねばならぬ。この情報は絶対に他言してはならぬぞ」

「は、はははっ！」

ムルカは思わずひれ伏《ふ》す。

「この器は倉庫の奥深くに隠《かく》して、保管しておこう」

幹部がそう言うと、その場は静まり返った。

次に議題に上がったのは、これを製作した人物についてである。

さっそくムルカがその者の名を告《つ》げると、幹部たち皆唸《うな》ってしまった。

「……ユウキ、か。以前から噂《うわさ》のあった人物だな。ようやく馬鹿な連中から解放されたというわけか」

「はい」

勇者パーティの一員「解体《かいたい》の勇者《ゆうしゃ》」として数々の功績を挙《あ》げながらも、パーティでは冷《れい》遇《ぐう》され続けていたユウキ。

その名は、ギルド幹部であれば知らぬ者はいなかった。

「で、率直《そっちょく》に聞くが、これを量産するには何が必要なのか」

幹部の質問に、ムルカは戸惑《とまど》いつつ答える。

「……それについては、何も聞いておりません」

「ふむ、現時点では技術の公開はしないということかな」

「そういうわけではないようで……」

ムルカがどう答えて良いか分からずに口ごもっていると、幹部は推測して問う。

「では、技術の修得《しゅうとく》に時間がかかるということか」

「……そのようです」

ギルド幹部たちが話し合いを始める。

「これだけの品物、ある程度未知の新技術が使われてもおかしくないものですからな」

「で、あれば、いち早く押さえておく必要があるか」

「金や銀の食器など、おいそれと一般市民が手が出せるものではありませんから。この器が流通するようになることは必定《ひつじょう》」

ギルドの方針は、次のように決定した。

「人材をユウキのもとに派遣《はけん》しよう」

すぐさまギルド幹部らは部屋から出ていくのだった。


その場に残されたのは、リサとムルカだけとなった。

ムルカがリサに声をかける。

「リサ叔母《おば》さん」

「ムルカ、以前から言っていたでしょう。賢人《けんじん》と巡《めぐ》り合えば、必ず結果がついてくると」

「……はい」

ムルカはそう口にすると、涙を流した。

それは喜びの涙だった。自分の身分が、いつ失うかもしれない代爵から、正式な職業貴族に変わったのだから。

×　×　×

ムルカが治《おさ》める、名もなき村に多くの人が訪れている。

彼らは全員、ギルドがよこした人材であり、目的はただ一つ。僕、ユウキが考案した、陶器製造術の修得だ。

僕はムルカとともに、集まった人々を見る。

「えらくいっぱい来たね」

「ええ」

老若男女《ろうにゃくなんにょ》、様々な人たちがいた。彼らに課すのは肉体労働の類《たぐい》ではないが、修得には時間を要する。素質、知識、感性が大事なので、挑戦する人が多いに越《こ》したことはないか。

僕がそう思っていると、ムルカが大声で告げる。

「こちらにおられるのが、師《し》となるユウキ代爵だ。まだ正式には貴族の爵位は得ていないが、ここでは彼の命令に従《したが》うように」

「「「「はい」」」」

人数はざっと二百人ほど。この中からどれくらいが物になるのか分からないが……あれやこれやと諭ずるより、実践して見せたほうが早いかな。

僕は皆に向かって言う。

「材料を調達することから始めてもらいます」

さっそく全員を連《つ》れて、近くの山までやって来た。

まずは粘土層を取り出そう。

僕は、皆に鍬《くわ》と鋤《すき》を装備《そうび》させると、作業を始めさせた。

「「「うんせ、ほっせ」」」

彼らは真面目《まじめ》に働いた。

ギルドからの人材だが、それぞれいろんな事情があって定職に就《つ》いていない。身内に不幸があったり、病気を患《わずら》っていたり、怪我《けが》をしていたりと様々。そんなわけで彼らは、職に就けるかどうかの瀬戸際《せとぎわ》とも言え、真剣に取り組んでいるのだ。

取り出した粘土層を、馬車に積《つ》み込んでいく。とにかく量が必要なので、ありったけ積んでもらった。それを、僕は窯場《かまば》近くの保存場へ入れた。

陶芸の作業場にやって来た。

続いて「成形《せいけい》」の作業に入るのだが、ここからが大変だった。

粘土層を器の形にするにはしっかりとした技術と経験がなければ難《むずか》しく、単純な椀状《わんじょう》にすることとすら、初心者には困難なのだ。

僕が、彼らの目の前で何度となく手本を見せても――

「また歪《ゆが》んだぁ」

「へこんだ」

「土がまとまらない」

やはり上手《うま》くいかない。このような土いじりの経験者は皆無《かいむ》だからな。僕は「……これは時間がかかりそうだ」とぼやくしかなかった。

そんな僕に、ムルカが尋ねてくる。

「ユウキ様、製造の目処《めど》は立ちそうですか？」

「なかなか時間がかかりそうだね」

何しろ成形の段階で苦戦しているのである。当分は粘土と格闘する必要があるだろう。

「素焼《すや》き」までなら早ければ二ヶ月ほどでいけそうだが、「本焼《ほんや》き」となると……

そうして粘土と格闘する人たちを眺《なが》める日々が始まった。

×　×　×

陶器製作の最初の一歩である成形に、悪戦苦闘《あくせんくとう》するたくさんの人たち。

いきなり大きな物や複雑《ふくざつ》な物は製作できないので、小ぶりな茶碗などの製作の際に使われる技法、「手びねり」からスタートさせる。これなら必要となる粘土も少なくていいし、やり直しが利《き》く。手びねりで思い通りの器を作れるようになるのが最初の一歩だ。

何度となく手本を見せて実践させていく。

教師をやりつつ、僕は僕で自分用の器を作り続ける日々を送っていた。


「ユウキ〜」

ある日、ギルド支部長のリサがやって来て声をかけてきた。後ろに、十数名の集団を随《ずい》伴《はん》している。

「こんな村まで直々《じきじき》に来られるなんて。どうかされたのですか？」

「手紙に書いてあった内容だけでは、必要な道具、材料、設備などが分からなかったから、それを聞くために来たのよ。あと、商売に詳《くわ》しい人たちを連れてきたわ」

確かにムルカに渡した手紙には、最小限の内容しか書かなかった。おそらくだが、ギルドで陶器を製作・販売することに決め、いろいろ準備する必要が出てきたのだろう。

リサに連れられた者たちが挨拶《あいさつ》してくる。

「初めまして、ユウキ殿《どの》。ウッドロウといいます」

「ワシはラスナー。工芸品店の店長じゃ」

「私はミライナ。主に貴族へ売る販売品の交渉《こうしょう》役ね」

三人以外にも多くの人から声をかけられた。それぞれ偉《えら》い立場にあったり、交流関係が広そうだったりした。

「さっそくだけど、作業場を案内してもらえるかしら」

リサに言われ、僕は皆を先導する。

作業場と作業内容について一通り解説したあと、成形して間もない器を見せた。すると、ウッドロウたちは困惑した表情を浮かべる。

「これはどう見ても……土くれ、としか思えんのだが」

「持ち込まれた物のような色合いはどこにもない。形状は簡素《かんそ》、せいぜいコップぐらいの物しかないが……」

「いくら新技術とはいえ、ギルドから派遣した技術者の能力を考えれば、もう少しマシな物ができると思ったのだけど」

そうは言ってもな。そもそも製作途中だし、まだ皆初心者なので平易な形状の物しか作れないのだ。

「いきなり高度な技術を要する物を作らせるのは難しいと判断したので、今はまだ簡素な器しかないんです。それにまだ製作途中です」

僕がそう説明すると、ウッドロウたちは一応納得したようだ。

「そうであるか。前に見せてもらった器のような物ができるのであれば、ギルドにとって大きな市場になるはずだ」

「では、製作工程の話に戻りますね」

次に見せたのは、成形後に乾《かわ》かした器だ。

「これが、数日間しっかりと乾燥《かんそう》させた物です」

乾燥させることで固まり、ちょっと乱暴に扱《あつか》ったくらいでは壊《こわ》れなくなる。そのことを説明したところ、ウッドロウは首を傾《かし》げる。

「なぜ、ここまで念入りに乾燥させる必要があるのだ？」

数日間という手間に引っかかりを感じたらしい。

その疑問に対しては、「後《のち》の工程で明らかになる」と答えておいた。

いよいよ大がかりな作業に入る。しっかりと乾燥させた土の器を、弟子《でし》たちに窯の中に配置してもらう。

そして、窯の入り口にたっぷりの藁《わら》を置いておく。

「ここからが重要な工程です」

「窯の入り口に藁を置くのはなぜかね？」

「こうするからです」

僕はそう言うと、用意しておいた松明《たいまつ》に火を灯《とも》す。

「「「まさか！」」」

数人が驚いている。僕が何をするのか分かったようだ。僕はためらうことなく、松明の火を藁に移した。

ボォォオー。

藁が燃え出し、徐々に火は強くなっていく。窯の入り口から細い薪《まき》を足《た》すと、火が薪に移り勢いを増す。

ゴォォォオー。

激《はげ》しい炎が窯の入り口から噴《ふ》き上がった。

炎の勢いと薪の燃え方を見て、火かき棒を動かし、太い薪を継《つ》ぎ足していく。そうして、素焼きに必要な温度である八百度まで一気に上げた。

木炭を入れ、火の勢いと状態を見る。

目標の温度に達したら、その温度を維持する。しばらくそのままにして窯の温度が完全に下がったら、素焼きの完了である。

翌日、慎重《しんちょう》に器を外に出していく。

「割れやヒビが入ってるのは……ほとんどないか」

僕が器の一つひとつを調《しら》べていると、周囲で見ていたウッドロウたちが呟《つぶや》く。

「ううむ。まさかこのような方法で製作していようとは。窯の中で割れてしまうのを防ぐために、数日かけてしっかりと水分を飛ばし、乾燥させる必要があったというわけか」

「土を成形して、乾燥させ、高温の窯で焼くとは」

「誠に高度な技術よ」

まだ素焼きの状態なのだが、この時点で価値ある物だと判断したらしい。手に取り、触り、じっくり調べている。

「ユウキ、これで完成ですか？」

聞いてくるリサに、この状態で水を入れたら漏《も》れてしまうので、ある意味これからが本番だと説明した。

事前に作っておいた釉薬《ゆうやく》を塗《ぬ》る「釉がけ」および「絵付け」の作業に入る。

釉薬の製作方法はいろいろあるが、手に入りやすい灰を原料とした釉薬を使う。

窯から取り出した器に、塗りと絵付けを慎重に行う。斑《まだら》にならないように全体にしっかりと塗る。色合いは今はまだ簡単なものしか出せない。

その様子を不思議そうに観察するウッドロウたち。

「いったい何をやっているのでしょうか？」

「何か濁《にご》った液体を塗っているようだが……」

「馬鹿！　黙《だま》って見ていろ。あれは熟練《じゅくれん》の技術を要する慎重な作業だ」

「この素焼きという品ですら、我らの常識を超《こ》えておる」

「これはギルドの歴史において、重要な出来事になるやもしれませぬぞ」

僕らの作業を遠目に見ている外野が騒《さわ》がしい。だが、僕は気にせず作業に没頭《ぼっとう》する。釉がけを終えてから、丸一日乾燥させるのだった。


翌日、完全に乾いたのを確かめてから、いよいよ本焼きに入る。

素焼きのときより、高温に耐えられる窯を使う。

慎重に器を並べて、入り口を狭《せま》くするため粘土で覆《おお》う。小さな入り口となったそこに、火つけ用の藁を入れた。

着火したら、細い薪、太い薪、木炭と素早く火を移して一気に高温に持っていく。さらに木炭を足していき、今度は千度まで上げる。火かき棒で木炭を動かし、火の流れと勢いを調節する。

火の動き、温度、時間、一つでも間違えただけで台なしになってしまう。職人にとってもっとも緊張する時間だ。

僕の作業を見ていた一人が、リサに声をかけた。

「リサ様、これほどの高火力を自由自在に扱う者など、これまで見たことがありません」

全員が、僕の行動すべてを見守り、何も口出しせずにいる。きっと、目の前で行われていることが、彼らの常識を超えているからだろう。

「これほどの高温……どう考えても、中の器は跡形《あとかた》もなくドロドロに溶《と》けていると思うのですが……」

周囲にいた全員が頷《うなず》いている。

そこへ、リサが告げる。

「皆、今は静かにユウキが行うことに注目しなさい。結果はすべての工程が終わったあと確認すればいいのです」

僕には、外野の声に反応している余裕などない。

何しろ、この作業に仕上がりが懸《か》かっているのだ。

僕が持つ知識と経験を最大稼動《かどう》させ、本焼きを行う。ときに動かし、ときに待ち、長い時間が過ぎていく。

そのまま時間は過ぎ去り、火の勢いは収まり、本焼きが終了した。

気づけば、日が落ち、真っ暗な時間帯になっていた。作品を取り出すのは明日だな。さあ、中身はどうなっただろうか……

さらに翌日。

作品は無事完成し、上出来と言える品質だった。

その後、僕は使った窯のチェックを始める。

口元を布で覆い、汚《よご》れていい服に着替えておく。

窯の中は、黒ずみがそこかしこに付いていた。それを藁を束《たば》ねた箒《ほうき》でゴシゴシと落とす。しっかりと落とさないと、次の焼きに影響が出るのだ。

数時間かけて汚れを落としたら、次は中と外のチェック。窯が高温に長時間晒《さら》されていたため、亀裂《きれつ》があったり穴が開いたりしていないか調べる。

そうして窯の掃除をしてから、しばらく窯を休ませることにした。

×　×　×

「ユウキ様、お食事です」

「ありがと」

僕はムルカのところで、寝泊りさせてもらっていた。

ムルカは正式に職業貴族になることが決定しており、この辺り一帯を管理する権限を持っている。そのため本当なら、僕は言葉遣《づか》いに気をつけなければならないのだが――

「普通にしていてください。ユウキ様が来なければ、僕は職業貴族になることはできませんでしたし、新しい技術を見つけられもしなかったでしょうから」

そんなわけで、ムルカからは「友達のように接してくれ」とお願いされていた。生まれが生まれだからかもしれないが、僕には様付けをしてくるというのに。

食後、ムルカが言う。

「そろそろ物資を積んだ馬車が到着する頃だと思います」

「そうか」

実はリサに頼《たの》んで、薪と木炭を持ってきてもらっていた。手持ちの薪と木炭を使い切ってしまったのだ。

しばらく待っていると、大量の馬車がやって来た。

「きゃー、ムルカ。久しぶりね！」

「ウィンディさん、お久しぶりです」

馬車から降りてきたウィンディという女性は、ムルカと知り合いらしい。

「リサから聞いたわよ。偉大《いだい》な技術を生み出して、正式に職業貴族になったんですってね。羨《うらや》ましいわぁ」

まるで子供を褒《ほ》めるように言われ、ムルカは気まずそうに答える。

「そのことなのですが……」

偉大な技術や豊富な資源を発見したことになっているが、それは僕、ユウキの功績であって、ムルカ自身は何もしていないと正直《しょうじき》に打ち明けた。

「そうなの？」

「残念ながら」

「でも、この村の統治権《とうちけん》を与えられたのは事実なのでしょう」

「ええ。ここには、陶芸に必要な資源が豊富にあるということで、たまたま」

「いずれにせよ、早く実績を挙げないとね。こんな辺鄙《へんぴ》な村でも統治しているというだけで手当てがもらえるんだから」

苦笑《くしょう》するムルカ。

「で、その張本人さんはどこ？」

ここでやっと僕に話題が振られる。

僕は自己紹介する。

「初めまして。ユウキと申します」

「きゃー！　何ていい男なの。夫もそこそこ器量《きりょう》が良かったので結婚したんだけど、もう少し考えたほうが良かったかも」

「……えっと」

少しばかり困惑し、ムルカに尋ねる。

「この人、いつもこうなの？」

「ええ。素直で、本音《ほんね》を隠さず、ついでに感情の波が激しくて」

「こらっ、坊や」

ムルカが注意される。

こりゃあ、ちょっと絡《から》みづらい女の人だな。

「こほん。冗談はここまで」

ウィンディはそう言うと、正しい挨拶の形を取る。

「ユウキ代爵様。本日は、我がマーディ木材店にて大量の薪と木炭の注文、誠にありがとうございます」

そして、「今後とも、長いお付き合いをお願いします」と綺麗《きれい》な一礼をしたので、かなり上等な教育を受けている人だ、と僕は確信する。

さっそく持ってきてもらった品物をチェックする。

注文したのは、釉薬の原料と薪と木炭。リストをチェックしていき、それらが間違いないことを確認して、漏れがないように倉庫まで運《はこ》び込む。

「倉庫の容量を考えると、これがギリギリだなぁ」

注文した品は揃っていたので良いのだが、倉庫にすべて入るか微妙《びみょう》だった。運び込める限界まで注文したせいである。

とはいえ今後のことを考えると、薪や木炭はもっと必要なので、倉庫の増設が急務《きゅうむ》だな。

「代金のほうは、ユーラベルクギルド支部で受け取ってください」

僕はそう言うと、書類にサインした。僕の資金の大部分は、冒険者ギルドの個人金庫に預《あず》けてあるので、そっちから支払うように手続きしたのだ。

ウィンディは書類に不備がないことを確認してから、大きな革バッグに書類をしまう。

「次回も同じ量をお願いします」

「かしこまりました」

「ちなみに、こんなに頼み続けても大丈夫なんですか？」

僕がそう問うと、ウィンディは笑《え》みを浮かべて答える。

「それについては、今後増産する予定です。とはいえ、近年は建築予定の家々がないので、木材は余っているんですよね」

「だったら、薪や木炭を保管する倉庫を増設したいから、大工を呼んでもらえますか。代金は先払いしますので」

僕は言うやいなや、すぐさま書類を書いて渡した。

「注文受けました。すぐに人手を集めて送ります」

こうして僕は、ウィンディとの商談をスムーズに終えたのだった。

×　×　×

陶器の作業場にやって来た。

薪と木炭の確保ができたので、さっそく製作に入るかな。

実はすでに注文を受けていて、作る予定になっているのは、花瓶《かびん》と大皿。なかなかの難《なん》題《だい》だ。花瓶は高さがあり、大皿は横に広いため、ろくろ成形の技術を使うことにした。

水の入った桶《おけ》を用意し、粘土を土台に置いて成形を開始する。

ろくろ台があれば作業は捗《はかど》るのだが、残念ながらそんな物はない。木の板の下に小石を敷《し》き、回せる台とした。

台を回転させつつ、濡《ぬ》れた手で粘土を成形していく。その様子を見た弟子たちが「すごい！　すごい！」と大はしゃぎしている。

苦労して、花瓶を十個と大皿を十枚作り上げ、乾燥のために時間を置く。

日数を置いてから素焼きの工程に入る。これまでは小さめの皿だったので割れる危険性が少なかったが、今回のは随分《ずいぶん》と大きい。

果たして、いくつ素焼きに耐えられるのか……

慎重に花瓶と大皿を窯の中に入れていき、素焼きの準備を行う。窯の外にたくさんの藁、薪、木炭を用意しておき、素焼きを始める。

藁から薪に火が移り、木炭を入れていく。十分な温度に達したらそれを下げないように気をつける。

素焼きが完了し、中を見ると――

「はぁ……やっぱりこうなるか」

どうしようもない事実を確認する。

生き残ったのは半分しかなかった。花瓶も大皿も、半分が砕《くだ》けるかヒビが入るかして、まったくもって無残《むざん》な姿になっていた。難易度《なんいど》が高いため、僕の技術ではこうなるのは仕方がない部分もあるが……

無事だった花瓶と大皿を、慎重に取り出していく。

以前と同じように釉がけを行う。面積が大きいので塗り加減に注意する。客から要望があったのでわざとムラを作り、木の葉などで絵付けを数ヶ所行った。

その後、乾燥させたら、いよいよ本焼きだ。

窯の中に一つひとつ並べていき、入り口に火を点《つ》け、空気孔《こう》を除《のぞ》いて粘土で塞《ふさ》ぐ。藁を入れ、薪を入れ、温度を上げていく。最後に小さく切った木炭を投入し、目標温度まで上げる。

素焼きで半数がだめになったのだから、本焼きでも多くは残らないだろう。そう心配しつつ、水を飲みながら熱に耐える。

小さな木炭を投げ入れては、火かき棒で動かすという作業を繰《く》り返す。夜が更《ふ》けても、その作業は終わらなかった。花瓶や大皿は大きいため、時間が必要なのだ。

朝日が昇《のぼ》ってもまだ終わらない。それでもひたすら手を動かしていく。時折眠気《ねむけ》が襲《おそ》うが、灼熱《しゃくねつ》の炎がそれを吹き飛ばす。

昼を越えて夕方となり、日が沈《しず》む。

三日目の朝方に本焼きが終了した。

早朝、弟子と客を集めて、窯出しを始める。

皆ソワソワとして落ち着きがない。

「窯の中は煤《すす》が大量にあって汚れてしまうので、近づかないようにしてください。なお、窯出し作業は、窯の主《ぬし》である僕か、僕が許した人物でなければできないように制限しています」

事前に、窯に近づかないように注意しておく。

集まった者たちが口々に言う。

「む、そうなのか」

「まぁ、あれだけの高温で燃やせばそうなるでしょう」

「窯の中に入れるのは本人か特別な弟子だけ、ということか」

「ホンヤキという、過酷《かこく》な行程を見せられたのだから、納得せざるをえないな」

「とにかく完成品を見てみることにしましょう」

窯出しを行う僕に視線が集まる。入り口を塞いでいた粘土を金槌《かなづち》で叩いて砕き、入り口を大きく広げた。

花瓶と大皿を取り出す。

一点一点慎重に運び、外に並べていく。

なお、この時点ではどの陶器も汚れていて光沢はない。一度すべて外に出してから布で磨《みが》いていく。

陶器が徐々に、本当の姿を現す。

「よし！」

釉薬が反応した焼結《しょうけつ》がしっかりと出ており、ガラスのような光沢が出ている。

本来であれば、本焼きにはもっと時間がかかる。だが、この地の粘土層に含まれている成分のためか、予想より短時間でできたようだ。

心配していた割れや歪みはほとんどない。

人々が感嘆《かんたん》の声を漏らす。

「すごい。こんなに綺麗になるなんて」

「深みと温かさのある色とツヤ。これまで見たこともない！」

「表面の色だけではなく、質感もまるで違うぞ。どうなっているんだ？」

「金属製の食器の輝きとは根本的に違う」

「むうっ。目の前で見ておきながら、なぜこのようになるのか説明できん」

皆に陶器を触らせて感想を聞いてみたところ、全員が理解不可能という顔をしていたが、一応感激《かんげき》してもらえたようだ。

だが、量産化するには超えなければならない壁《かべ》は多いな。


窯出しまで終わったので一休みしようとすると――

「「「譲《ゆず》ってもらえませんか‼」」」

一気に詰《つ》め寄られた。さて、ここから無休で商談に入らなければいけないようだ。

僕は商人らしき男に尋ねる。

「売り先に当てがあるのですか？」

「もちろん！　美術品収集を好む貴族や商人らに高値《たかね》で売れるのは間違いありません！」

日常的に使ってほしいと思っていたが、まずはそうした人々に売られるようだ。

まぁ、どのぐらいの値がつくのか分からないが、そこは彼らの商才に任《まか》せたほうがいいだろう。どうせ僕に人脈などないし。

その場にいた全員と相談に相談を重《かさ》ねたうえで、作品をほどよく分配して持って帰ってもらうことにした。

それから今後どういった陶器を作っていくかの話し合いになる。

商人が問う。

「どのぐらいの形状や大きさにできますか?」

「……大きい物だと、今回作った花瓶か、大皿程度までなら」

「もう少し外見的特徴《とくちょう》が欲しいのですが?」

「……今回も入れましたが、植物の葉のような模様《もよう》なら、割と簡単に入れられます」

「色合いをもう少し鮮《あざ》やかにしてはくれませんか?」

「……少し難しいですが……何とかできる範囲で頑張《がんば》ってみます」

僕はへとへとになりつつも全員と話をして、今後の製作方針を決めた。

要望をまとめると、広間などに飾《かざ》るために大きめのサイズにしてほしい、色合いを鮮やかにしてほしい、凝ったデザインにしてほしい、という三点だった。

ちなみに、僕が陶器を作る全工程を見て、一度に大量生産するのは完全に不可能だと判断したようだ。そのため、高値をつけて貴族を中心に販売するとのことだった。

弟子と商人たちを帰したあと、リサが必要な物を聞いてくる。

「陶器製作にあたり、ユウキが欲しい物は優先的に用意させるようにしますが、何かありますか？」

「では、ここに書いてある物を用意してもらえますか」

僕はそう言って紙を渡した。

リサはそれをじっくり眺める。

「薪に木炭、確かに必要だと思うのですが……これほどの量ですか。ここまで膨大《ぼうだい》な量は、需要《じゅよう》がないため作り置きがないと思うのですけど」

「やはり難しいですか」

そう問うと、リサは首を横に振って答える。

「いいえ、逆に嬉《うれ》しいです。私の同期に、木材業や木炭製作をしている家に嫁《とつ》いだ子がいますので、さっそくこの話を持ち込んでみます」

「あと、こちらのほうも確保してもらえますか」

紙に書いておいた別の材料を指し示す。

「メズ石に、イズ石。墨《すみ》に、酸化鉄《さんかてつ》に、銅などですか……いろいろありますね。これも必要なのですか？」

「様々な人から、多彩《たさい》な色合いを出してほしいと言われましたので」

手持ちの釉薬では、発色のバリエーションに限界がある。材料は多いに越したことはないし、何より大量に使用するので備蓄《びちく》が必要なのだ。

またこれらの材料に加えて、粘土を保存する小屋、弟子たちの住む家も必要だった。それ以外に窯を作る必要もあり、結構な出費となる。

僕は思い切ってリサに尋ねる。

「……融資《ゆうし》、できますか？」

僕がほとんど出すとしても、冒険者ギルドがいくらか出してくれるのかが問題だった。陶器は現時点では本当に儲《もう》かるか分からないのだ。

必要経費を紙に書くと、リサはそれをじっくりと確認する。

「援助《えんじょ》はしたいのですが、まだ価値がどれぐらいか出ていないので、審査《しんさ》を通すのは難しいですね……」

いきなり多額のお金を出すのは無理だそうだ。結果を見てから判断する、とのことだった。

当分は規模《きぼ》を拡大せずやっていくしかないか。

「とりあえず、薪や木炭などの必要な材料を揃える予算は通るでしょう。ムルカ、ユウキが仕事に専念《せんねん》できるように生活の面倒を見てあげなさい」

「はい」

リサに言われ、慌《あわ》てて返答するムルカ。

僕は話題を変えて、リサに問う。

「あ、あと。ユーラベルクで営業している店はどうなってますか？」

僕の家臣として、様々な店を任せていたガオムらの状況を確認しておくことにした。

リサによると、店は大繁盛《だいはんじょう》しているとのことだった。ギルドからの援助を受けずに大繁盛させているのはすごいことらしい。

皆にはしばらく戻れそうにないと伝言を頼んでおいた。

さて、次の製作のためにも窯の状態を調べないとな。また、中の炭を丁寧《ていねい》に落として、亀裂や穴がないかチェックしないと。

×　×　×

「ううっ。眠《ねむ》いし、しんどい」

数日後、朝日が昇ったところで、予定していた本焼きが終了した。あとは窯出しだけなのだが、眠気と疲れで体が思うように動かない。重労働を不眠不休で続けたツケは大きかったようだ。

窯の前でうとうとしてしまう。

「ユウキ～」

誰かが声をかけてきた。

そちらのほうを向くとミライナがおり、見覚えのない男性を連れている。年齢は壮年《そうねん》くらいで、身なりが良いので貴族だと思う。他にも数人いるようだが、頭が回らず視界に入らない。

何かの商談だろうと思い、何とか意識を呼び覚ますと、ミライナが話しかけてくる。

「この前注文しておいた品の見本はできたかしら」

ああ、何だ、そのことか。あとは窯の中から取り出して確認するだけだと説明する。

「ユウキ、何だか疲れているように見えるのだけれど」

「……お気遣《きづか》いなく、それで」

もう意識を保つのもしんどいが、会話を続ける。陶器であれば何でも買いたいという客を連れてきたそうだ。

ああ、眠い眠い。体が重い。頭がボンヤリする。

品物があるなら、さっそく見せてほしいとのことだったので、疲れと眠気でベッドにダイブしたい気持ちを必死に抑《おさ》えて、窯の入り口を金槌で壊す。

え～と、花瓶と大皿は……

重い瞼《まぶた》をこすりながら作品を探《さが》す。

見た感じどれも割れている様子はなかった。慎重に一つひとつ取り出していく。いつもより重い体を動かして。

すべての作品を取り出し終わった。これでやっと眠れるか。

「――――」

「――――」

何か声が聞こえるが、よく分からない。もう寝かせてくれと思っていると、ミライナが近づいてきた。

え～と、品物の購入書か。売れるのはどれか？　品数は？　あ～もう、考えがまとまらないので花瓶か大皿のいずれか一つで。

書類の内容の文字が読めないほど疲れているようだ。

酷《ひど》い眠気が襲ってくる。

さっさと選んでくれ。あ～次は何？　金額交渉？　すまないけど、ミライナの客なんだしそっちで交渉してくれ。

「そちらに取り引き額を任せる」

短く言っておくと、男性が地面に置いてある花瓶と大皿をしげしげと眺め始める。こっちはさっさと寝たいのだが――

「――でどうか」

「──え、そんなに」

「──であるから」

「──なので」

「──で決定だ」

「──分かりました」

価格交渉は時間はかからずに終わったらしい。

客の男性はしばらく陶器を眺めたあと、購入品を決めたようだ。そのまま持ち帰って良いのか聞かれた──ような気がした。

僕がコクンと頷くと、付き添《そ》いらしき人々が現れて品物を丁寧に梱包《こんぽう》していく。

これでやっと眠ることができると思ったのだが、まだ終わらなかった。尋ねてきたミライナに向かって告げる。

「……え？　残りの品はどうするのかって？　すまないが、販売と展示用のため、リサギルド支部長のところまで持っていってほしい」

ミライナは、付き添いの男性に慎重に梱包しろと言っていた。

意識が混濁《こんだく》していて、取り引きの内容も金額もきちんと見ていない。まぁ、あとで確認すればいいか。

そう判断して重い体を動かし部屋のベッドまで一直線に行くと、ひたすら眠ることにした。

×　×　×

深い眠りから目を覚ました。

体を少し動かし、体に異常がないか確認して、ベッドから下りる。

疲れを無視して体を動かし続けたから、本調子に戻すのは時間が必要だな。あとは、栄養を取らないと。

「あ〜、おはよう」

「ユウキ様、おはようございます」

ムルカの家のメイドが挨拶を返してくれた。居間にムルカがいない。どこかに出かけているようだ。

「すみませんが、今日の日付を教えてください」

あれからどれくらいの日数が経過したのか確認すると、丸一日寝ていたことを知った。

その後、腹が減っているので食事を取ることにした。とにかく食べよう。小さな村なので、食事も質素だった。それでもまぁ、食えるだけマシかな。

食後、窯の様子を見に行く。

窯の入り口が開いていた。

あ〜そうだった。客が来たので重い体を動かして無理やり開けたのだ。そして、できたばかりの陶器を売って、残りをユーラベルクまで運んでほしいと頼んだのだった。

取り引き内容は詳しく覚えてないが、ま、いいか。

窯の状態をチェックする。いつものように藁の箒で丹念《たんねん》に掃除する。亀裂の類《たぐい》はなかった。数時間かけてチェックを終えた。

続いて、次の陶器作りの構想を練《ね》る。

ひとまず、今までのやり方を見直してみる。

茶碗、丸皿、平皿の場合は、完成まで問題なく行えた。その一方で、花瓶、大皿の際は、素焼きで半分が使い物にならなくなった。本焼きでは全部生き残ったが、たまたまだったと思う。

いずれにしても、素焼きで壊れないようにする必要があるな。

「温度と時間を調整してみるか。あとは成形の段階でまだ未熟な部分があると思うから、改めて技術を磨こう」

前の世界で得た、陶芸の知識を思い出しつつ、工程を見直す。

次に考えたのは、釉薬についてである。材料が揃ったので新しい物が作れるのだ。自分ならではの特色を出すためにも釉薬作りは欠かせない。

アイデアがいくつも生まれ、とにかくやりたくて仕方がなくなってきた。

「よ～し、やるぞ！」

気合《きあ》いが入る。

まずは成形からだ。そこから始めよう。前回は同じ形の物しか作らなかったが、今回はいろいろ製作してみよう。そのあとは釉薬作り。あ、そうだ。弟子たちが素焼きをする窯も必要だな。それ以外にもやることはたくさんある。

とにかく実際にやってみないと分からないことばかりなので、ぼんやりしている時間はない。人生ひたすら勉強だ。


さっそく粘土を土台に置いて、成形し始める。

手を濡らし粘土をじっくりと捏《こ》ねる。そうしながら水分を吸収させ、柔《やわ》らかい粘土へと変化させる。

続いて、ろくろ成形で大皿の形を作っていく。器の厚《あつ》みをほんの少しだけ厚くすることにした。ほんの数ミリ程度だが、それが重要なのだ。前回は薄くしすぎて、素焼きで耐えられなかったのだと判断した。

一枚一枚製作していく。枚数は前回と同じ十枚。

次は、花瓶である。

こちらも同じくほんの数ミリ厚みを増して製作する。最初に粘土で平たい土台を作り、そこに細いひも状にした粘土を、積み上げながら徐々に形にして高さを増していく。なお、この作り方を「ひも作り」という。

ある程度の高さになったら、ヘラと手で形を整《ととの》えていく。それを何度も繰り返して花瓶の形にする。製作したのは同じく十個。

ここで終了して、乾燥させる。

次に始めたのは釉薬作りだ。釉薬作りは、陶芸家の秘法とも言えるほどに重要である。

まず、各種の草や雑木などを燃やして灰にする。灰釉ではこれが原料となる。他と混ざらないように注意して進める。

その工程を終え、ふるいにかける。灰をさらに細かく均一にすることで、より良い物にできるのだ。

それが終わったら、水簸《すいひ》と呼ばれるアク抜きを開始する。これをやらずに使おうとすると、綺麗なツヤが出なくなるので手抜きはできない。

なおこのアク抜きには二十日ほどかかるため、ここでいったん作業を終える。

乾燥と釉薬のアク抜きをしている間に、素焼き用の窯をもう一つ作ろうと思う。

弟子たちに手伝ってもらいつつ、窯を製作する。耐熱用煉瓦《れんが》が欲しいのだが、そんな物はこの世界にない。

焼いた煉瓦と、固めた土で製作していく。

中の構造と強度を計算し、どれくらい焼き物を入れるのか考え、全体の設計を行い製作する。煉瓦を組み終えたら、上から土を被《かぶ》せてしっかりと固めて完成だ。

新調《しんちょう》した窯で、素焼きに取りかかる。藁、薪、木炭を用意し、大皿と花瓶を窯に入れて素焼きを始める。

火を点け、温度を上げて、火の勢いと窯の中の状態を確認しながら進めていく。

その後、素焼きが完了した。

確認して中から作品を取り出す。

「よし！」

前回の経験を踏《ふ》まえて改良したおかげで、大皿、花瓶ともに割れていなかった。ここで少し無駄な部分を削《けず》る作業を入れた。ヤスリで慎重に削っていく。

しっかりと全体に釉がけをしておく。重ねがけをして僕の陶器としての特色を出す。

いよいよ本焼きに入る。

作品を慎重に窯の中に配置して、入り口を粘土で塞ぐ。

藁に火を点けて薪を足していく、そして徐々に木炭を入れていく。前回よりも窯の中の温度を少し上げる。

必要温度は千度前後なのだが、それより高くすることで陶器に変化が起きるはずだ。もちろん、温度を上げすぎれば、作品は見るも無残《むざん》になってしまうだろうが……

火の勢いから温度を測《はか》りつつ、慎重に作業を進めていった。

×　×　×

一方その頃、ユーラベルクギルド支部では――

「えっ？　もう陶器が完成したって！」

リサギルド支部長と、ギルドの幹部たちが、ミライナからの報告を聞いていた。

彼女たちは驚きを隠せなかった。陶器の製作工程を見させてもらって、あまりにも技術レベルが高く、製作には時間がかかると判断していたからだ。

ユウキから預かっている品は、技術者、学者、研究者が解析《かいせき》を進めているが、なぜこれほど美しい出来なのか議論の最中にあった。特に、器全体の輝きの謎《なぞ》は解明できていない。

そうして議論が進まないまま、時間だけが経過していたのだが、その最中に、次の品が完成したとミライナが持ってきたのだ。

梱包された品を開けて、全員が息を呑む。

「うおっ！　こ、これは、何とすごい‼」

封《ふう》を解《と》いて取り出されたのは、大きな皿だった。

基本的には、以前見せてもらった陶器と同じ色だったが、木の葉のような細かな意匠《いしょう》が施《ほどこ》されている。それが皿の雰囲気《ふんいき》をより雅《みやび》に見せていた。

一つひとつ梱包が解かれ、出されていく大皿。合計で四枚あったが、そのどれもが二つとない品物だった。

「大して日数も経《た》っていないというのに……」

「心底驚かされますなぁ！」

「うむうむ！」

だが、これで終わりではなかった。ミライナは「次の物がある」と言う。全員がさらに驚く、「まだ次があるのか？」と。

次に取り出されたのは、四個の花瓶。大皿と同じく、数ヶ所木の葉のようなアクセントとなる模様が入っており、色合いもまた違っていた。

全員が言葉を失う。

「……ユウキは、これをいったいどうしろと？」

沈黙《ちんもく》を破《やぶ》ってリサが発言すると、ミライナが答える。

「ギルドのほうで展示と販売をしてほしいそうです」

「なるほど」

リサはそう口にして、少し考えた。

「……ちょっと、本人の名前で売るわけにはいきませんね」

「「「えっ？」」」

その場にいた全員が疑問の声を上げた。

リサは続ける。

「これほどの品、本人の名前で売るのが当然ですが……今はまだ製作を開始したばかり。ユウキは実績もなく爵位も低いため、良からぬ貴族が力ずくで功績を奪《うば》おうとしてもおかしくありません」

ひとまず別名を用意し、ユウキに注目されないようにしておく必要があると。

全員が納得したように頷く。

「そうだな、売りに出せばどれぐらいの値段になるのか分からんしな」

「ユーラベルクにも馬鹿な連中は多いから、それが最善であろう」

「とにかく、直接会うことはできないようにしよう」

意見が一致して、陶器に関する情報の秘匿が決定した。

「では、どんな名前にするのかを議論することにいたしましょうか」

しばらく考える各人。

一人の幹部が口にする。

「シシンという名はどうであろうか？　真心を尽《つ》くす、という意味だ」

「いいですね」

シシンという名に決定した。

とりあえず、大皿、花瓶、各一点は見本品として所有しておくことにして、他の三点の売り先を見つけることになったのだった。

第二章　成長した家臣たち

「ユウキ様はしばらく帰ってこられないそうだ」

「……そうですか」

「私たちの商売、すごく上手くいっているのに」

「まぁ、自由にやれるのはいいけどさ」

「当面は現状維持ですね」

「そうねぇ」

　ユウキに家臣入りしたガオム、リシュラ、リシュナ、ウルリッヒ、ミオ、リナの六人は、ユウキの知識や技術を使い、各仕事を一手に任される立場になっていた。なお、ガオムは警備隊《けいびたい》を、リシュラとリシュナは商店を、ウルリッヒは医療品を、ミオは解体業を、リナは飲食店を、それぞれ任されている。

　各店は大繁盛していて何の問題もない。初期投資の安さと立地の悪さを無視して、多大な利益を上げていた。

ちなみに商売の基本はすべてユウキが考えたものであり、各々はそれの維持に努《つと》めている。


リナの料理店は、「速く、安く、美味《うま》い」という方針だった。経費を可能な限り削り、作業手順を限界まで減らすことで、それを実現しているのだ。

また店の特徴として椅子《いす》をなくしていた。これについてユウキが言うには——

「人という生き物は、一度座ると動こうとしなくなる。だから食事が終わっても長居してしまうんだ。一食あたりの単価が高いなら椅子を置くのは正解だけど、うちのように速さと安さが売りの店には必要ないんだ」

ということだった。

なので、客は立ったまま食事をするしかない。

確かに椅子を用意すればいやすくなるが、長く居座られると客の回転率が悪くなる。急いでいる客は、そういうのんびりとした店よりも、多少居心地《いごこち》が悪くても手っ取り早い店を選ぶだろう。ユウキの狙《ねら》いは、長居しない客にあった。

その判断は見事に当たった。

わざと店に長くいられないようにするという逆転の発想に、リナは感心していた。

家臣は各々いろいろな商売の手法を伝授《でんじゅ》されたが、その一方で共通して言われていることがあった。

それは「近所付き合いを怠《おこた》るな」である。

儲かる店は、近所の迷惑《めいわく》になる。儲けを出せば出すほどに、店の前には長蛇《ちょうだ》の列ができる。そのため近隣《きんりん》は迷惑を被るのだ。さらに、儲けを出しているため嫉妬《しっと》の対象にもなる。

不評《ふひょう》を買ってトラブルに発展させないためにも、ユウキは近所付き合いを徹底《てってい》させているのだった。

商店を任せていたリシュラ、リシュナにも、特殊《とくしゅ》な営業方針が設定されていた。

小さな商店であるのだが、商品の数も非常に少ないのだ。ユウキから出された方針は「商品は十点まで」というもの。

商品数を揃えるのが商店経営の定石《じょうせき》だというのに、たった十点だけしか陳列《ちんれつ》できないという枷《かせ》。リシュラとリシュナは、困惑を隠せなかった。

開店してすぐこそ心配していたが、店を運営してみてその理由が分かってきた。

確かに、商品数を揃えて見栄《みば》えを良くするのは大事だ。だが、それでは他と変わらない、どこにでもあるような店になってしまう。

ならばいっそ、売れることが大きく見込める商品だけを扱って専門性を高めたほうが、店の個性が出るのだ。

ユウキの真の狙いはそこにあったのだろう。

そして結果として出た。

やがて、良い商品だけを扱う店という評判が広まっていったのだ。なお、その売り上げに大きく貢献《こうけん》しているのはウルリッヒの薬剤だった。


ウルリッヒはユウキ直伝《じきでん》の薬剤の製造をして、リシュラとリシュナの店に卸《おろ》している。

その中でも主力の商品が、手荒《てあ》れあかぎれに効く軟膏《なんこう》である。

この世界の女性たちの悩《なや》みが手荒れだった。それを治《なお》すため、ユウキはウルリッヒに軟膏の製法を伝授した。

使っている材料は珍《めずら》しくない物だが、調合が難しいため、ウルリッヒは何度も失敗しながら覚えた。

この薬剤は色が悪く、匂いも良くない。

そのせいもあって当初人気《にんき》がなかったが、効能が広まると飛ぶように売れ出した。口コミは徐々に広がっていき、今では品薄気味である。

ウルリッヒは毎日それを製作するのに時間を費《つい》やし、休みが取れない状態だ。

ミオは冒険者ギルドの解体部署で働いている。その理由は、ユウキが開発した「吊《つ》り上げ式解体台」の扱いにいち早く慣れるためである。

吊り上げ式解体台の最大の特徴は、魔物の頭部にフックをかけて吊り上げること。通常では、肉をひっくり返しながら作業するが、これならそのままの状態で全方向から手を入れられる。

ミオは吊り上げ式解体台を十台確保し、毎日解体作業に従事《じゅうじ》している。まとめて解体作業を行うことで時間の短縮《たんしゅく》ができたのだ。

ガオムは警備隊の訓練と指揮《しき》をしている。

他の五人と比べて目立つようなことなどないが、今後、ガオムが指揮することになる人数は増加する予定だ。

ガオムもそれを見越《みこ》して、訓練に身を入れていた。

六人は結果を出すことに必死であった。

ここで結果を出して、少しでも早く自分たちの家を建《た》てる。

彼らはそんな目標を掲《かか》げていた。

ここまで良い条件の職場などどこを探してもない。だからこそ、それを任せてくれるユウキの信頼に応える必要があった。

毎日忙しくも充実した時間を過ごす六人であった。

×　×　×

「ユウキはしばらく、他の場所で仕事に集中しなくてはならないそうです」

「え〜。お店はすごく順調なのにどうして？」

「何でも、ユウキ以外にできない仕事だそうで……ギルド支部長のリサ様からそう言われました」

「どれくらいで帰ってこられるの？」

「まだ予定が立てられないそうで……」

リフィーア、エリーゼ、リラ、フィー、ミミの五人が不満げに会話している。

彼女たちは、ユウキが運営している店で働きながら生活していた。店のほうは順調で、かなりの金額がギルドに積み立てられている。

ユウキは爵位の授与までの間、いろいろな仕事や準備をしなくてはならないとのこと。それで、近くの村を治めるグレッシャー騎士爵のところにいるらしい。ユウキが何の仕事をしているのか聞いておきたかったのだが――

「申し訳ないけど、今後ギルドの莫大な利益になる仕事の中心人物として働いている、としか言えないわ。これは他言してはだめよ。爵位の授与の準備をしてもらいたいけど、それより優先する仕事を任せているわ」

リサギルド支部長が直々に来て、そのように説明した。

多忙なギルド支部長が時間を割《さ》いて、わざわざ来てくれたのだ。相当重要な仕事なのだと、全員が理解した。

ユウキからは、当分はこの場所で生活をしていろ、とのこと。

ここは人が集まる繁華街《はんかがい》なので不便はないが、物価はそれなりに高い。そのためユウキからある程度のお金をもらったのだが――

「えっ？　こんなに」

エリーゼが驚くのももっともである。それは平民にとって数ヶ月分の稼《かせ》ぎだったのだから。エリーゼはみんなに告げる。

「ユウキから、文字の勉強や数の計算、その他礼儀《れいぎ》作法を学んでおけと手紙が送られてきたわ。それらに必要な分のお金は差し引かれているみたい。ギルドで教師を選び、働きつつ学びなさい、ということなんだけど……」

そうして勉強の時間が始まった。

「う～、こんなの面倒！」

「でも、ユウキは正式な職業貴族になるのだから、その妻が無教養では恥《はじ》をかかせるでしょうし」

「そうよねぇ。この分だと相当な大物になるだろうし」

「妻の立場を守るため」

「とにかく、覚えるしかありませんね」

教師として教えに来たのは、そこそこ年配の男女五人だった。これが結構手厳《てきび》しくて、頻繁《ひんぱん》にだめ出しをしてくる。

リフィーアは神殿である程度学んでいたのだが、他の四人は勉強らしい勉強をしていない農民の子供なので何をするにも四苦八苦《しくはっく》だった。

また別の日。

「はぁ……素材の良い仕立て服とか、飾り細工《ざいく》とか、お金がかかるわねぇ」

「ほんと」

「平民出の私たちには無縁《むえん》の品だったのに」

「その分のお金やら何やらユウキから出されてるし」

「要は、これで身なりを整えろってこと……」

リフィーアたちは衣服の準備をすることになった。だが、ユウキの爵位の正式な授与はもうしばらく先になるとのこと。

なぜ先延《さきの》ばしになるのか。

それは冒険者ギルド上層部が判断したため。普通であればすぐにでも与えるのだが、ユウキの場合、正式な貴族にすると余計な付き合いが増え、動きづらくなってしまうかもしれない。そのため、代爵のままで仕事をさせるほうが都合が良いという判断だった。

なお、ユウキが考案した商売は利益が大きいため、ギルドには店を譲ってほしいという要望が殺到《さっとう》している。

本気で稼ぎたいと望む者がいる一方で、楽をしたいだけの世襲《せしゅう》貴族も少なくない。

世襲貴族はギルドに「仕事をよこせ」と言うくせに、能力がない。そんな馬鹿を冒険者ギルドは認めるはずもなく、審査の段階で弾《はじ》いている。

ギルドがユウキの店に派遣している人材の中には、有能な者たちもいる。

彼らの多くがギルドの幼年組出身者だ。何らかの不幸で身寄りがなくなり、引き取り手もいない人々。ユウキの店へ優先的に送られてくる、真面目な労働者だ。

職業貴族の子供らや、知識・技術を学びたい人々も少なくない。

職業貴族は、基本的に親の爵位を世襲できない仕組みになっている。世襲したい場合は、本人がそれ相応の実績をギルドに示して、審査を通らなければならない。この条件は厳格《げんかく》化《か》されていて、コネでは不可能になっている。

　そのため職業貴族の子供らは、親の仕事を引き継ぐに足る実力をつけられる仕事場を探しているのだが……良い条件の職場などそうそうあるわけがなく、大半が地味な下積《したづ》みをしている。

　ユウキはそんな職業貴族の子供を信用し、積極的《せっきょくてき》に雇用《こよう》していた。

×　×　×

料理店を任されている私、リナのもとに面倒な客がやって来ました。

「ほう、この店がそうなのか」

「はい」

着飾った若い男性と、その取り巻き数人。

まだ店の外にいるのですが、無神経に大声なので店内まで聞こえてきます。

「えらく繁盛しているようだな。これはいい店のようだ」

失礼な貴族だということは間違いなさそうです。

「おい、さっそく店の者を連れてこい」

「「「はっ」」」

　そうして数人が店の中に入ってきました。

「オイ！　お前」

「はい。何でございましょうか」

　大勢のお客が詰めかけていて忙しいのに、その男たちは働いている従業員を呼び止めました。

「この店の責任者を連れてこい。大至急だ！」

「リナ様ですか。すみませんが、どちら様でしょうか」

「ブルッフ騎士爵家の跡取《あとと》り様が直々にいらっしゃったと伝えろ」

　いかにも自分たちが偉い人かのように威張《いば》り散《ち》らしています。

　従業員は申し訳なさそうに言い返します。

「すみませんが、リナ様は主君から数店の経営を任されている身です。事前に予約をしてないと会うことはできません」

「何だと！　貴族の跡取り様が直々に来たのだぞ‼　たかが平民風情《ふぜい》が貴族を待たせるなど許されぬぞ」

　そうして「さっさと呼んでこい！」と声を上げる男たち。これは何を言っても無駄であると店員は判断し、私に声をかけてきました。

その後、私は数人の護衛《ごえい》を連れて、店の外でその者たちと話すことになりました。

「いったい何の用でしょうか？」

「ほう。この店を預かっているのは女なのか。あまり外見は良くないが、まぁいいか」

……女ならば好都合だと、言いたげな様子。

私は、こいつらの要求が何であるのかを大体理解しました。

「私は忙しいのです。用件は手短に」

「フン、平民風情に貴族のゆとりは理解できぬか。まぁいい。用件は一つだけだ。この店の全権利をよこせ」

貴族の男は何の迷《まよ》いもなく言い切りました。

私は毅然《きぜん》として言い返します。

「……いったいそれに何の意味があるのでしょうか」

「意味だと？　決まっている。儲かるからだ。儲かる仕事は、優先的に貴族に回されるべきである」

その言葉で、こいつらがいかに世間知らずの馬鹿なのかが分かります。

やっぱり、この手の馬鹿はどこにでもいるのですね。リサギルド支部長から忠告されてはいましたから、いつか来ると思っていましたが……

私は気分が悪くなるのを感じました。

この、自分の考えこそが正しいと思い込んでいる腐《くさ》った馬鹿には何を言っても無駄であることは、経験済みです。

私が貴族の陪臣家《ばいしんけ》の生まれでありながら、冒険者になった原因は、こいつらのような輩《やから》でした。

自分勝手に約束し、相手を待たせ、約束を破る腐った貴族。そのせいで自分が家を出ていくしかない状況に追い込まれたのです。

数年前、主君であるそいつらは貴族という地位を振りかざし、陪臣であるために反抗できない我が家をめちゃくちゃにしました。

彼らは、飢《う》えたネズミのごとく家財を奪っていったのです。手当たり次第に取っていくため、蓄《たくわ》えもなくなり、生活の道具すら困窮《こんきゅう》する始末。

それでも陪臣なので、我が家は従っていました。

何しろこのご時世。生活できるだけでも良いほう。下手《へた》をすると、スラムの住人になるか、山賊にでもなるか、はたまた体を売って日銭《ひぜに》を稼ぐしかないのですから。

あるとき主君の三男が、私を嫁《よめ》にしてやると言ってきました。

貴族に見初《みそ》められるという幸運が訪れても、家族の誰からも祝福《しゅくふく》の声は出ませんでした。

この男は仕事もせず、放蕩三昧《ほうとうざんまい》の日々を送っていて、無駄な夢ばかりを追っている馬鹿だったからです。

それでも結婚して生活できるだけマシかな、そう思って待っていたのですが……

ある日そいつは、派手《はで》な女を私のところに連れてきました。

私は怒りをぶつけます。

「何なのよ！　その隣《となり》の女は‼　私を嫁にすると言ってくれたじゃない！」

「はぁ？　テメェのような地味で目立たない女は貴族の妻にふさわしくないんだよ！」

問い詰めると、逆切れして大喧嘩《おおげんか》。

こうして、私はもう家にいることができなくなってしまったのです。

このとき私は十七歳、結婚できるのか微妙な年頃でした。同じ年頃の女性はほとんどが嫁いでいます。

こんな馬鹿男の影がある女など、この小さな集落では誰も見向きもしないでしょう。

私は仕方なく、冒険者になる決意をしました。

置いていく家族のことが気がかりでしたが、とはいえ両親は「お前はお前の道を行け」と言ってくれました。

私は一旗揚《ひとはたあ》げる決心をしました。

そうしていくつかのパーティを渡り歩いて、ユウキ様に家臣入りするチャンスを得ました。

ユウキ様は確固《かっこ》たる考えと広い知識、経験を持ち、何より繁盛する商売を先読みする感覚に非常に優《すぐ》れていました。

この人なら信じられる。そんな彼が、私に預けてくれた店。

その信頼を裏切るわけにはいきません……


店の外で、貴族の男、その取り巻きたちと対面する私。

貴族の男が不遜《ふそん》な態度で言ってきます。

「俺の妾《めかけ》にしてやるから店の権利をよこせ。どうせろくでもない主なのだろうからな」

「そうだ、貴族が経営をしたほうがもっと儲かるに決まっている。さっさと店を明け渡せ」

とんでもない言い分に、もちろん耳を貸す気はありません。

「デビット、こいつらをどう思いますか？」

私は、護衛を務《つと》めてもらっているデビットに話を振りました。

デビットは首を横に振って言います。

「根本的にだめですねぇ。まるで現実が見えていません。害悪そのものです」

すると、貴族の男の顔色が変わります。

「あぁ？　何だお前は？」

どうやら、デビットのことが気に入らないらしいですね。

貴族の男は、さらに声を荒《あら》らげます。

「お前ごときボンクラが、貴族である我らに何が言えるのか！」

「ボンクラ？　ですか。これは紹介が遅《おく》れましたね。僕はデビット、冒険者ギルドのバーレッツ子爵《ししゃく》の三男ですよ」

「「「なっ！」」」

デビットが子爵と聞き、驚く男たち。

貴族の男は驚きつつ尋ねます。

「な、なぜ、子爵家の方がここに？」

「父上から、将来に役立つ勤《つと》め先としてここを紹介されましてねぇ。いろいろ仕事はしてきたけど、ここは良い職場ですよ。本気でそう思います。そこに文句をつけようという輩を追い払うのも僕の仕事なのですよ」

「……」

デビットの親は、将来を見越して冒険者ギルドに彼を送り込み、ユウキ様の店で働かせていたのです。

デビットは子爵らしく落ち着き払って言います。

「この儲かるお店が欲しいと言いましたね？　なら、それ相応の話し合いをするのが、当然だと思いますが？」

「クッ！　たかがこんな店を、守ると言うのですか！」

さっきまでとは打って変わって、敬語になってますね。

「守るに決まっているさ。この店はいずれ世界各地に支店を出すほどに広がるからね」

間違いない、そう断言《だんげん》するデビット。

「子爵家とはいえ、職業貴族が上から物を言うのか！」

「満足に稼げない世襲貴族が、何を言ってるんだろうね」

世襲貴族と職業貴族の対立は、今に始まったことではありません。基本的には対等の立場ですが、資金力に差があります。そのために、諍《いさか》いはそこら中で頻発《ひんぱつ》しているのです。

しばらく睨《にら》み合っていましたが、これ以上関わると冒険者ギルドが出てくると判断したのでしょう。貴族の男たちは不機嫌《ふきげん》そうに帰っていきました。

「……やれやれですね」

「まったくだねぇ」

私とデビットはウンザリしていました。

「ありがとうございました」

「別にいいよ。これが仕事だからさ」

デビットは職業貴族の生まれで、私より地位は上。でも、ここではユウキ様の家臣である私が店を差配《さはい》しています。デビットはそれにいっさい不満を言わず、私の下に就いて仕事をこなしてくれているのです。

それはなぜかというと――

「ユウキって人、本当にすごいよね。噂は聞いていたけど、元手《もとで》がなくても儲かる仕組みを生み出しちゃうなんて。支店を出せるようになったら店長に推薦《すいせん》してくれるって約束だし、下の弟妹のためにも仕事先を確保しないと」

近年、職業貴族が増加しており、職業貴族といえど就職難《しゅうしょくなん》の傾向にあると言います。良い職場は倍率が高く、なかなか席が回ってこないのです。そのため、職場確保に苦労する貴族が多いと聞きます。

ユウキ様はそうした者らに良い職場を用意しており、デビットのような優秀《ゆうしゅう》な人材が送られてくるというわけなのです。

×　×　×

ユウキ様のもとに家臣入りした私リシュラと、妹のリシュナ。私たち二人は、ユウキ様から資金提供を受けて、商店の経営をしている。

店は大きくないもののとても繁盛しており、連日行列ができていた。

店の主力商品は二つ。ユウキ様から製造方法を教えてもらった食用油と、同じ家臣のウルリッヒが製造した軟膏。

食用油はこの辺りでも古くから使われていたが、動物から抽出《ちゅうしゅつ》するそれは匂いが良くなく焦《こ》げやすい、しかも味が悪いという問題を抱えていた。

でも、ユウキ様の製造した油はそれらの問題をすべて解決したのだ。

製造方法は、まず鍋《なべ》に動物の脂肪の塊《かたまり》を細かく切って入れ、弱火で時間をかけて煮込《にこ》む。すると上のほうに濁った油が上がってきて、下のほうには純度《じゅんど》の高い油が溜《た》まる。上の濁った油を紙で吸い取るのを何度も行うと、純粋《じゅんすい》な油が残るというわけだ。

これがほんのりと甘く、クセがなくて、匂いも良いという、まさに調理に最適な油なのだ。作るのに多少手間はかかるが、製造自体は難しくなく、人手が揃えば量産も可能。動物の脂肪は安価で大量に手に入るため、利益率はすごい。

なお油の製造の人員には、冒険者ギルドから送られてきた人材を使っている。若い料理人が半数、もう半数が商人の子。皆、この店に商売を学びに来ているのだ。

ユウキ様曰《いわ》く。

「商売をしていれば、必ず壁はやって来る。資金、技術、材料、道具、立地など。どんなに恵まれた状況でも、失敗する要素はどこかにあるんだ。本人がやる気を失ったり、馬鹿な行動に走ったりすることだってある。若い人が商売を始める場合、そのほとんどが不利な状況からのスタートになる。だからこそここで学んでほしいんだ」

一緒に働く者を仲間と考えているあたりが、ユウキ様らしいと思う。

続いて、ウルリッヒの作った薬について。

手荒れに効く軟膏がもっとも人気があり、擦《かす》り傷に効く薬液もよく売れている。

女性の大半は毎日水仕事をしているため、酷い手荒れに苛《さいな》まれていた。中には指を動かすだけでも激痛《げきつう》が走る人もいるほど。

軟膏の効果は凄《すさ》まじく、半月で手荒れ・あかぎれが治り、一月《ひとつき》でピカピカの手になる。

そうした噂が広がり、女性たちが列を成して軟膏を買っていくのだ。

薬液の販売も順調だ。この薬液は擦り傷に効き、小さな傷が絶《た》えない狩人などに購入されている。

通常、傷を治すためには、水で傷口を洗ったあと消毒してから薬液をつける。だが、薬液の大半は効果が大きいとは言いがたいものだった。加えて傷の状態によって種類を使い分ける必要があり、手間も時間もお金もかかる。

だが、ユウキ様が開発した薬液はその問題をすべて解決した。

殺菌《さっきん》から傷の治癒《ちゆ》まで、これ一つで行えるという万能薬なのだ。用法は、患部を水で洗い、薬液を塗るだけ。

効果は非常に大きく、傷痕《きずあと》が残ることもない。

最初は物好きが買っていくだけだったのだが、しばらく経つと狩人らの間で噂となり、徐々に客足が伸《の》びていった。

今では様々な人が購入し、常時品薄状態となっている。

あと、それ以外にも役立つ商品が揃っている。ユウキ様からの命令で、品物の数に制限をかけられているため、目利《めき》きの力を磨いた私たちが探してきた品だ。

最初はおまけ程度だったが、それらも徐々に売り上げを伸ばしている。


さて、ここで私たちの生まれについて話そう。

私、リシュラと、妹のリシュナは双子《ふたご》の姉妹だ。

実家は商店を経営していて、私たちは妾の子だった。

ちなみに、ある程度お金のある男性が女性を囲うというのは、当たり前のことだ。法的にも宗教的にも罰を受けない。奥さんの数は多ければ多いほど良い、それが幸せな家庭の証拠《しょうこ》であると言う人もいるほど。

けれどやはり問題もある。

後継者争《こうけいしゃあらそ》いが起きやすいのだ。

私のお母さんは妾であったものの、それで苦労するようなことはなかった。私たちを産んでもそれは変わらなかったのだが……ある時期を境に、変化し始めた。

それが、正妻《せいさい》の産んだ長男と、妾の産んだ次男の間で起こった、店の所有権争い。

商売は上手くいっていたのだが、店が一つしかないというのが問題だった。その場合、長男が店を継ぎ、次男は補佐《ほさ》に当たるものなのだが……

「俺も自分の店を持ちたい」

次男が成人を迎《むか》える頃に、そう言い出したのだ。

生活を守るのが精いっぱいの父に、新《あら》たに店を出す余力はない。長男も今のままの経営を維持していくのが良いと判断していた。

次男は上手くいく自信があるようだったが、皆は反対していた。

意見の食い違いは解決せず、やがて次男は荒れ始める。

父と長男はこれ以上争えば家族が分裂すると判断し、次男に独立費用を渡し、遠くに行くように言い渡した。

しかし、それが間違いだった。

「あなたの次男がこさえた借金、返済してもらいましょうか」

私と妹のリシュナが成人を迎えようとする頃、そいつらはやって来た。

何でも次男の商店は毎月赤字を出しており、経営が行き詰まっていたとのこと。さらに悪いことに博打《ばくち》に走り、店を売るだけでは済まないほどの借金になっているという。

当の次男は勝手に証書を書き、借金を実家に押しつけて逃げてしまったようだ。男が見せてくれた証書には、実家に借金の返済を肩代わりさせるというサインが書かれていた。

結局払わざるをえず、家族のお金はなくなってしまった。店こそ失わなかったものの、正妻と妾間で争いが起こり、さらに良くないことに、心痛のあまり父が他界してしまったのだ。

これで、妾でしかなかった母は、国元に帰されることになった。

私とリシュナはすぐに、母を支えるために冒険者ギルドの門を叩いた。冒険者ギルドでは、優秀ささえ示せば、それなりの生活が保障されるのだ。

冒険者として日々を送りつつ、わずかばかりのお金を手に入れ、私たちは母に仕送りし続ける。そんな生活の中、私たちは仕《つか》えるべき良き主君を探していた。

そして探し出したのが、ユウキ様だ。

最初は外見が良い青年という印象でしかなかったが、「特化戦士《とっかせんし》」として無類《むるい》の戦闘能力を誇《ほこ》り、誰も考えなかったような素晴らしいアイデアを思いつく発想力を持つ。また、知識や技術を豊富に持ち、先を見越して大胆《だいたん》に投資する思い切りの良ささえあった。

私たちはこの人しかいないと思い、ユウキ様についていく決断をしたのだ。

「リシュナ」

「はい」

閉店後、私、リシュラは、妹のリシュナに声をかける。

「ユウキ様は今まで優秀と紹介された人材とは、別次元の優秀さですね」

「そうですね。こんなに早く実績を挙げるなんて、予想すらしてませんでした」

売上金の計算をしていたのだが、その売り上げは私たちの実家なんて相手にならないほど桁《けた》が違っていた。

「ここで頑張れば、お母さんに仕送りできる額も増やせるし、貯金も多くなる。もしかしたら、職業貴族の爵位さえ受け取れるかもしれないわ」

姉妹で、将来の理想図を描《えが》く。

ユウキ様の妻になるのは不可能だが、家臣として重用《ちょうよう》されることは可能だろう。ユウキ様の店の支店を出していく計画はすでにギルドで進められている……という噂まで聞こえているのだから。

「いつかは道は分かれてしまうかもしれないけど、私たちは双子の姉妹、喜びも苦しみも二人で分かち合いましょう」

「もちろんです！　お姉ちゃん」

私たちの店は今日も大盛況だった。

品揃《しなぞろ》えは他の商店よりも少ない。だが、買って損《そん》はない品が揃えてあり、とにかく質が良い。

また、若い姉妹が店を仕切っているというのも話題になっていた。女性が働いていることは珍しくないが、采配《さいはい》まで振れる者はなかなかいない。

飛び抜けて稼ぐ私たちの店に、ギルドは人材を優先的に送り出してくれていた。雇《やと》っているのは、職業貴族の子女。特に、親や家族が商店などを経営している者らだ。

そうした子供らは冒険者ギルドに援助してもらえるよう努力するが、ギルドの容赦《ようしゃ》のないふるいに生き残れるのは数少ない。腕《うで》っ節《ぷし》が強ければ魔物を退治するという道もあるが、それがない者は財力を武器にするしかない。

実績を挙げて職業貴族になるのは難関《なんかん》なのだ。

そんな中、私たちは運が良かった。ユウキ様と出会え、ユウキ様に導かれるままに実績を積み上げることができているからだ。職業貴族さえ夢ではない。

すでに彼は職業貴族として爵位授与が確定している。

それも男爵《だんしゃく》以上で。

多くが代爵として何とか仕事をしている状況なのに、いきなり男爵から始めるというのは、よほどギルドから信頼されているという証拠だった。

「この商品を売ってくれ」

「はい。どうもありがとうございます」

「俺はこれとこれを」

「会計をしますので、少々お待ちください」

今日も、店には長蛇の列ができていた。

この店で売っている品は、たった十品だけ。

当初は、ここまで品数を絞《しぼ》る理由が理解できなかった。どんな小規模の商店でももっと品数が多い。

だが、店が繁盛していくうちに、その意味が分かってきた。

ユウキ様は、一つの商店で幅広《はばひろ》く商品を扱うのは愚策《ぐさく》だと考えたのだ。品数を絞ることで在庫を抱えずに済み、商品一つひとつの品質を高くして利益を増やす。品数を限定しているから帳簿《ちょうぼ》の管理もしやすいし、来る客の目的が分かりやすくなる、というわけである。

もっと商品を増やせば儲かる気もするが、やはりそれは難しいとも自覚していた。

近所には、いくつもの大型商店が並んでいる。店の大きさも、品揃えも、ライバル店のほうが上だ。いきなり他店と張り合っても、勝てはしないだろう。

だからこそ品数を絞り、一点特化の店にしたのだ。

また別の視点から、ユウキ様は次のようなことを言っていた。

「店なんて出さなくてもいいんだけどね、僕としては。だけど両親から『雇い主は一人でも多く人を雇い、多く賃金を払え』と徹底的《てっていてき》に言われてきたんだ。僕一人だったらどこに行こうと問題ないけど、君らには居場所が必要だからね」

最初に、どんなに小さな利益でも出せる苗木《なえぎ》を見つける。そして、地道に育てて大きくする。最終的に木は大きくなり、その下に人が集《つど》う。その木をたくさん育てれば、林となり、森となる。そうやって多くの人が集う居場所を作っていくのだという。

開始してすぐに店は立派な木になった。ユウキ様はこれならば私たちでも問題ないと判断し、店を預けてくれた。

これを育てていくのが私たちの仕事だが、どうすれば良いのか。

基本方針は、食用油と薬品の販売になる。それをもっと売るには、人材確保と生産ラインの構築が不可欠《ふかけつ》。だが、送られてきた人材が育つまで、規模を拡張《かくちょう》するのは難しい。品数も増やせないから、売れる商品の見極《みきわ》めにこれまで以上に尽力《じんりょく》すべきか。

私は将来のため、今すべきことを考える。

繁盛店ゆえに客を捌《さば》き切れないことがあるが……これぱっかりは店員の能力に左右されるので時間がかかる。

もちろん、彼らが無能というわけではない。人材育成に熱心な冒険者ギルドなので、平均能力は高い。

来る客の数が、それ以上に多いというだけだ。

しかし人の噂は早く、「いくら待っても商品が買えない」という話が広まれば客足は遠のくだろう。短期間ならばいいが、長期間それが続くと、人々からの店に対する信頼がなくなってしまう。

早急に解決策を出す必要性がある。

その日、私、リシュラは店を閉店してすぐに、店で働いている全員を集めた。

「店が抱えている問題は皆分かっているわね」

全員が「はい」と答える。

従業員の一人が代表して言う。

「店が繁盛しすぎて客のすべてを捌《さば》き切れない、長蛇の列を成しても買えない、ですね」

「そうよ。ユウキ様から店は大繁盛すると言われてたけど、予想以上で対応できないわ。このままだと店の信頼を失うことになる」

何がしかの解決策が必要であることは、全員理解していた。

ユウキ様がこの場所にいれば良いのだが、現在ユウキ様はギルド直々の依頼を受けている状態であり、それにかかりきりになっている。

トップの考えを仰《あお》ぎたいのだが――

「リサギルド支部長からは何と？」

「ユウキ様は動かすことができないから、私たちだけで解決策を出しなさいと」

つまりそういうことだ。今後どこに店を出しても、同じ問題が発生するだろう。そう判断し、現場で解決策を出せるようにしておけということだった。

私は、押し黙る皆に問う。

「皆の考えは？」

「会計に携《たずさ》わる人員が少ないことが問題ですね。そのため、金額の計算が遅れているというのがあります。会計係をあと二、三人増やせば、問題の緩和《かんわ》に繋《つな》がると考えます」

なるほど。金額の計算を早くすれば、だいぶ早く客を捌けるか。そういえば、ユウキ様は、店の受付の場所はかなり広めに取っていたわね。たぶんだけど、客が多く入ることを見越してのことだろう。さっそく実行に移そう。

すぐさま店員の仕事の比率を変えることにした。


そして翌日。

「……リシュラ様、リシュナ様」

「何かしら」

受付を担当していた女性が、私たちのところにやって来た。

「世襲貴族の次男という方が来ています」

良くない客が来たわね。

「用件は」

「一刻も早く出てこいと……」

店が営業中なのに礼儀知らずもいいところだけど、出ないと余計に騒ぎそうなので、渋々《しぶしぶ》出ることにする。

「ほう、双子の姉妹と聞いていたが、これはなかなか」

男の前に姿を見せると、男は私たち姉妹を上から下まで眺め、いやらしい顔をした。

こいつはだめ、根本的にだめ、そう思わせる男だ。

「何の用件ですか」

「決まっておろう。貴様らを二人揃って妾にしてやるから俺を店長にしろ」

とんでもない要求を口にした。

「失礼ですが、爵位は?」

どうやら彼は、準《じゅん》男爵家らしい。とはいえ、いかにも偉そうな態度とその言葉遣いから、大した教育も受けていない、甘やかされたクズであると判断した。

男は笑みを浮かべて言う。

「貴様らの主は、能力のないだめ主なのだろう。たまたま思いついただけの偶然《ぐうぜん》で、店が繁盛しているのだ。我が家に来ればもっといい待遇《たいぐう》を保証するし、金も出してやる。平民の女が貴族に嫁入《よめい》りできるのだ。これ以上の幸運はないだろう」

ふざけた提案以上に、こいつはユウキ様をだめ主だと馬鹿にした。

「……このゴミ野郎が」

私は怒りを覚えた。

だめなのは、私たちのほうだ。

このお店の所有権も商品もお金も、何もかも全部ユウキ様が用意してくれた。お店の方針だって決めてくれた。

私たちがやっていたら、利益が出るどころか、大赤字を出していた可能性もある。

ユウキ様は間違いなく出世する。それも、誰も予想できないぐらいに。その直臣《じきしん》として働けるチャンスを手放しなどしない！

私は男に向かって言い放つ。

「お帰りください」

「は？」

そいつは変な顔をした。

「お帰りください」

「聞こえないな、何と言ったか……」

話し合うだけ無駄だと判断し、私は店員に防備用の短剣を持ってこさせた。店員はこうなることを予想していたのか、すぐに持ってきた。

私たち二人が短剣を突きつけると、そいつは怯《おび》えて声を上げる。

「な、ななな、何を考えている！　俺は貴族の次男だぞ、爵位の継承権《けいしょうけん》も持っているのだぞ！　そんな俺に武器を突きつけるとは！」

貴族だろうと、こいつに価値などない。

他の店員らも同じように武装して威嚇《いかく》する。

「貴様ら、貴族の俺様に対して……」

「二度と顔を見せるな！」」

さすがに数人がかりで詰め寄られては勝てないと判断したのか、男は嫌味《いやみ》を撒《ま》き散らしながら逃げていった。

今後もこういう馬鹿は来るだろうな。ギルドに応援を頼んでおこう。

×　×　×

僕の名前はパーカー。

ごく普通の青年です。陶器という新技術が冒険者ギルドにもたらされる、だいぶ前の話をさせてください。

まぁ、僕について特筆《とくひつ》すべきことなどないかな。あるとすれば、父が職業貴族ということくらい。でも僕は三男だから、親からの期待なんて最初からないようなもので……まぁ、長男であったとしても家を継げるか難しいくらい凡庸《ぼんよう》なんだけど。

職業貴族とは、冒険者ギルド独自《どくじ》の貴族制度で、業務《ぎょうむ》として貴族の仕事を代理する者のこと。国が認める役職貴族や世襲貴族とはちょっと意味が違う。あくまで仕事として貴族になっているだけ。

だけど冒険者ギルドは今や世界中に存在し、大きな権力を持っているから、それが認める職業貴族となると、ほぼ役職貴族や世襲貴族と差がない。

とはいえ、あくまで仕事としてなので、爵位は一代限りになっている。でも、近年は子供が実績を挙げ、親の爵位をそのまま引き継ぐことが起こり始めている。そんなわけで本来の貴族に近くなっているのだ。

だけど、それは相当に厳しい競争を勝ち抜かないとできないことであり、やはり世襲などないも同然、実力がすべての世界だ。さらに最近は、ポストに空《あ》きがない状況が続いていて、職業貴族になるのは難しくなっている。

上の兄二人は、他のギルドで競争をさせられているが、結果は芳《かんば》しくなく、下働き同然だと聞いている。

三男の僕にも一応職業貴族になるチャンスがあるのだが……職場《しょくば》斡旋《あっせん》など来ない。

ギルドで下積みをする猶予《ゆうよ》期間は終了直前で、それが終わると、嫌《いや》でも自立せざるをえなくなる。それなのに仕事がない。

「やばいなぁ」

正直言って打つ手がない状況だ。

いろいろツテを頼って仕事場を探しているが、僕みたいな者に斡旋できる余裕はない。

ギルドでも働ける場を増やそうといろいろ考えてはいるらしいが、そんな施策《しさく》などすぐに進められるはずもなく……

このままでは農民になり、開拓地を耕《たがや》すしかないと諦《あきら》めかけていたのだが。

「えっ？　仕事の斡旋」

それは降って湧《わ》いた話だった。

とある人物が新しく店を出すので、そこで働く従業員を募集《ぼしゅう》しているそうだ。

三つの募集要項が書かれていて、「店長候補《こうほ》」「現場監督《かんとく》」「従業員」というものだった。

上の職務《しょくむ》ほど高待遇《こうたいぐう》で給料が良いから、倍率も激しいことが予想される。

平凡に暮らすのならば従業員で良かったのだが、それでは結婚するにも出世するにも不利かな。僕は思い切って店長候補を受けることにした。

そうして数日後。

「初めまして、ユウキと申します」

三十人ほどが集まった調理場で、一人の青年が挨拶をしてくる。彼が店の所有者だと伝えられる。

すごく若いなぁ。

見たところ、年齢は成人したくらいか、もっと若いかも。それなのに店を出せるとは、よほどお金持ちなのだろう。

「さて、テストは簡単です」

席に座り、待つことになる。

すると、手伝いの人がコップを持って出てきた。中には、温められた液体が入っている。

それを飲んでみろと渡された。

恐る恐る手に取ってみると――

すごくいい匂い！

見た目はほんのりと色が付いた程度なのに、すごく濃厚《のうこう》な香りがする。

口に含んでみる。

「ッ！　これは⁉」

ザワザワと騒ぎ出す参加者たち。

それもそのはずだ。あまりにも味が良すぎる。僕もいくつかの店のスープを飲んだことがあるが、それとは根本的に違う。言葉にすると陳腐《ちんぷ》になってしまうが、恐ろしく美味い。そうとしか言いようがない。

「味わったところで、テストに入ります」

テストは「このスープの味を再現しろ」というものだった。

「材料は、テーブルの上にある物だけです。道具も同じくここにある物だけ。時間は二時間」

テスト開始の合図が出される。

はっきり言って、全員が諦めに近い表情になっていた。それくらい、このスープは美味すぎる。たった二時間で再現しろとか、どんな料理人でも無理だろう。

しかも、材料はテーブルの上にある物だけだという。ざっと見たが、特別な材料などいっさいなかった。道具だって同じ。

ここに用意されている物以外は、何一つ使用していないと説明されている。

逆に言えば、つまりこの平凡極《きわ》まる材料と道具だけで、この味を出したのだ。作った人は恐ろしい腕前の料理人に違いない。

ここですぐさま行動に移す者もいれば、材料や道具を見直す者、グループを作って数人で相談する者などに分かれる。

僕は誰とも協力せず、自分だけで調理することを決める。

まず、味わったスープと材料を見比べる。

「これとこれ、これもあるか」

ベース作りから。以前ギルドで行った調理実習では高い点数を出していたので、料理には多少だけど自信はある。

材料を下処理して、鍋に入れて、煮込んでみる。

そうして時間をかけてスープのベースができたが、ここからが問題だった。大体の味は同じだが、あの匂い、そしてスープの味を決めている調味料が分からなかった。

もう一度テーブルを見直す。用意されている調味料はごくごく基本的な物ばかり。どれを加えても同じになるとは思えない。

周囲を見ると、各自最後の仕上げをしようとして忙しく動いている。

僕は調味料の棚《たな》を一つひとつ確認していく。

「あれは……」

地味に端《はし》っこに、白い粉の瓶《びん》が置いてあった。ラベルを見ると、塩と書かれている。塩なんて基本調味料の一つで、特別な物でも何でもない。

なお、塩は他にもいくつかあって、なぜかその塩だけは目立たないように端っこに置かれていた。誰もそんな塩、気に止めることはない。

僕はどうも気になって、その塩を手に取ってみた。

「え？　これってもしかして……」

それはスープとよく似た匂いをしていた。だが、なぜ塩がこんな匂いをしているのか、理解できなかった。

試《ため》しに味わってみる。

「これは、やっぱり！」

僕は確信する。

すぐさまその謎の塩を調理場に持っていき、スープに加える。そうして終了間際《まぎわ》に、近い味を再現することができたように思う。

「そこまで！」

ユウキ様から終了の合図が出される。

参加者は完成したスープをコップに注いだ。

ユウキ様に、スープの味のチェックをお願いするのだ。

その後、外に出るように言い渡された。

外で合否を言い渡されるらしい。

人数が減っていき、最後に僕の順番になる。正直完全な再現ではないと自覚していた。

あの謎の塩を加えても根本的な味の差があったからだ。

ユウキ様は僕のスープを飲んで言う。

「へぇ、気がついたのか」

どこか納得したような表情をしている。

「えっと、パーカー君だっけ」

「は、はい」

合格か？　不合格か？

……いや、おそらく無理だろうな。

「惜《お》しいね」

「え？」

それは予想外の言葉だった。

「この塩に気がついたことは評価してあげるけど、スープのベースが違う」

それから、「何が違うか分かる？」と聞かれる。確かに塩を入れたことでかなり近くなったが、基本となるスープ作りの手順と材料が違うことは理解していた。もう時間が迫《せま》っていて、新しく作り直すことはできないのでそのまま出したのだ。

僕が押し黙っていると、ユウキ様が言う。

「まぁ、この辺りのスープのベースとは結構違う部分も多いし、あの塩だって誰も考えたことなどないだろうし」

「は、はぁ」

「でも、これはこれでお客が取れるかもね」

そうして「ギリギリ合格」と言い渡された。

「ほ、本当ですか！」

「ま、完全な再現ではないけど。あの短時間でこれだけ作れれば、あとは現場で覚えてもらえばいいし」

やった！

僕は周囲を見渡しつつ、恐る恐る尋ねる。

「あの、他の人は」

「全員不合格」

やはりそうなのか。こればっかりは仕方ないか。

「開店が迫っているから、すぐにでも仕事を始めてもらうよ」

「は、はい！」

こうして僕は、お店の店長として就職することができたのだった。


さっそく、今度開店するという店で仕事を覚えることになった。有り金をはたいて、料理人の服を購入してきた。ちなみに「ラーメン」という麺《めん》料理を扱う専門店とのこと。

ユウキ様が僕に告げる。

「まずはスープのベースを作ることから」

一番基本で、一番大事な部分。ユウキ様の用意した材料と手順をしっかりと覚えることに集中する。

「あんまり肩肘《かたひじ》張らなくてもいいよ。材料はテストのときと同じく平凡な物だし」

そうしてスープのベースを作ることになったのだが――

「日干《ひぼ》し魚を多めに使うのですね」

「そうだよ」

珍しい、日干し魚をスープのベースに使うらしい。

この近辺では、獣骨《じゅうこつ》でスープを作るのが一般的であるため、日干し魚はごく一部でしか使われていない。

今回のスープには獣骨も入れるが、量は少ない。何でもスープが濁るからだそうだ。僕の製作したスープとは材料が大きく異なっている。

アク取りをしながら作業を進める。

「で、これが肝心《かんじん》」

それは白い粉、塩だった。

「なぜ、何の変哲《へんてつ》もない塩に、匂いと塩以外の味が付いているのか、分からないだろう？」

「はい」

あれからいくら考えても、この塩の存在が頭から離《はな》れなかった。

塩味だけではなく、なぜか濃厚な何かの味と、複雑な匂いを出す不思議な塩。これをどうやって調達したのだろうか。

「これは自然に生まれた物ではない、人工的に作った物だから」

「え？」

「じゃ。塩作りの手順を教えてあげるね」

そう言ってユウキ様は小さな鍋を取り出す。そこに叩き割った獣骨をこれでもかと入れて、徹底的に煮込む。

「獣骨の出汁《だし》はこの地方では定番。でも、スープのベースはアッサリとした味にしたい。だが、獣骨を煮込んでしまうと、どうしても臭《くさ》みが出て良くないんだ。なら、旨味《うまみ》だけ混ぜるようにすればいい」

アク取りをして濃厚なダシができ上がる。それに塩をドバドバと入れていく。そしてまたひたすら煮込む。

「徹底的に獣骨などを煮込んで濃縮《のうしゅく》し、そこに塩を加えて作った、旨味の染《し》み込んだ塩のことを、僕は『成分濃縮塩《せいぶんのうしゅくえん》』って呼んでいるんだ」

すでに鍋はカラカラと音を立てている。出汁は塩に吸収され、そこに残っているのは塩だけだった。

「じゃ、舐《な》めてみて」

あの謎の塩と同じ味だった。

「塩に味を濃縮して染み込ませてあるからいろいろ便利だし、しかも手間隙《てまひま》をかけずに安価で製造できるのが最大の利点なんだ」

何というすごい技術だろうか。こんなことは、誰も考えたことがないだろう。極めて革新的な技術である。

でき上がったスープのベースと混ぜて、味を調《ととの》えて、最後に太めの麺を入れて完成させた。

味わうと、すごく美味かった。スープの味は、他店など相手にならないほどに美味く、それに太めの麺が絡んで、えも言われぬ味わいだ。

「とりあえずこんなところだろう」

もっと工夫の余地があるのだが、時間と人手が足りないということで妥協《だきょう》した、そうユウキ様は愚痴《ぐち》を言った。

これだけでもすごいのに、まだまだ工夫する余地があるとは。何というすごい人だ。

僕は、開店までの短い間、必死でユウキ様のもとで勉強するのだった。

そして開店。

初日から大繁盛で、すぐさま長蛇の列ができていた。

従業員たちと一緒に、休む間もなく働き続ける。

「……ふぅ、やっと閉店時間か」

「お疲れ様でした」

店の看板をしまいつつ、本日の売り上げを確認する。ズッシリと重い大きな革袋がいくつもできていく。

僕は従業員に話しかける。

「すごい売り上げだね」

「そうですね。この分ならギルドへの店舗《てんぽ》賃貸料や従業員の給料を差し引いても、えらく残るでしょう」

材料はごく一般的な物ばかりだが、技術が桁違《けたちが》いにすごいので、他店では同じ味は出せない。割と高めの値段設定なのだが、客は大量にやって来る。

「お金はギルドに積み立てておいてください」

「はい」

ユウキ様から、稼いだ金は必要な分を残して、ギルドに積み立てろと言われている。こんな大金をこの店に置いていては、強盗《ごうとう》に遭《あ》うかもしれないからだ。ギルドであればどんな相手でも手が出せない。

さて、これで閉店。

そういきたいが、帰るのは従業員だけ。店長である僕にはまだ仕事がある。

あの塩の製造だ。この作業は他人に任せてはならないと命令されているので、睡眠《すいみん》時間を削ってでも作らないといけない。他の作業はいいが、これだけは他人に見せるのさえだめだと厳命《げんめい》されている。

なので、僕は店に泊まり込んで作業ができるようにしている。

そうして秘伝の塩を製造するのだった。


翌朝。

「ふわぁー」

塩の製造を深夜まで行ったので眠い。根気《こんき》のない人間では逃げ出すだろう。でも、僕は逃げない。これだけ繁盛している店を手放すなど考えられないからだ。それに、僕のような者を信頼してくれるユウキ様への忠誠心《ちゅうせいしん》もある。

仕事はきついが、その分給料はすごくいい。兄弟の仲では一番稼いでいると断言できる。

従業員らが開店準備をするために続々と出勤してきたのだが——

「あなたがこの店の店長ですか？」

なぜか、そこに知らない女性がいた。

取り巻き数人を連れていて、綺麗な服装をしている。

はて、こんな従業員はいただろうか？

「そうですが」

返事をすると、女性は心底嫌そうな顔をした。

「あなたのような、見る価値のない男と結婚しなくてはならないとは……」

結婚？　いったい何の話だ？

僕に彼女などいないし、こんな女性、知り合いではない。

「あなたは誰ですか？」

「んまぁ！　ウィドール騎士爵の長女である私を知らないとは！　何という無礼《ぶれい》で無知な！」

そう言われても本当に覚えがない。

この展開だとあれかな。

「お前ごときボンクラ、相手にもしたくありませんが、お父様の命令です」

結婚してやるから、店の所有権をよこせと。

あ～、巷《ちまた》で騒がれている馬鹿な貴族家の乗っ取り作戦か。開店して二日目のこの店にもう来るなんて、よほど金に困っているのだな。

結婚してやるから財産すべてよこせ、って話だよな。でもそんな要求、誰も相手にしないだろうに。

さらにこの女性、何だかえらく年がいってそうだ。何でそんな年になるまで、結婚していないのか。たぶん家の事情だけでなく、性格にも問題があるのだろう。

この様子では、相手側に相当な金額を要求してきたに違いない。浪費家《ろうひか》の女性は嫁入り先が少ないと聞く。こんな馬鹿なことを言うならなおさらだろう。

「貴族家の長女たる私が自《みずか》ら来て、結婚しても良いと言っているのです。拒否《きょひ》なんてしませんわよね？」

この人、完全に金目当てだな。受けたら財産を奪ったあと「平民風情が貴族家の婿《むこ》になるなどありえない」とか言って婚約破棄《こんやくはき》するんだ。

僕の返事は決まった。

「申し訳ありませんが、僕にはそんな自由などないのですよ」

「えっ」

意外な言葉だったのか、女性は驚く。

まぁ、実際には僕は雇われ店長で、財産なんて持っていない。そんなことすら分からないのかと、ため息をついて言う。

「僕と結婚したとしても、望むような物は手に入りません。もう少しそのあたりを考えてから、お越しください」

「あ、ちょっと」

女性を無視して店内に入る。外ではまだ女性が騒いでいるが、従業員が入れさせない。

はぁ、こういう世襲貴族が増えるから、ギルドは頭が痛いんだろうね。

×　×　×

ユウキ様に家臣入りした僕、ウルリッヒは忙しい日々を送っていた。

ユウキ様から教えられた薬剤の調合と素材の購入、特に同じく家臣入りしたリシュラ・リシュナ姉妹の店に卸《おろ》す薬剤の製作に没頭している。

そうして作業しつつ、ユウキ様と会う前のかつての自分を思い出す。


僕は、代々学者の一族の出だ。そんなわけで生活は苦しく、僕自身も貧乏学者から抜け出せないでいた。

研究している学問は薬草学。割とポピュラーな学問で、その知識を活《い》かしつつ、未開地に生《は》えている薬草を採取《さいしゅ》したり、その効能を引き出した薬の販売をしたりしている。

学問を究《きわ》めるための施設は冒険者ギルドにあるのだが、そこに入るには厳しい審査があり、倍率も高い。なので個人的に学ぶしかなかったのだが、いずれにしても勉強を続けるためにはお金が必要だった。

そうして成人を迎える頃、父から呼ばれた。

「ウルリッヒ」

父が言いづらそうにしつつも告げる。

「我が家の状況は理解しておるな」

「はい」

僕は父から何を言われるのか、大体分かっていた。

「残念ながら、我が家の状況では、お前に出ていってもらうしかない」

独立しろということだ。

別に驚くことでもなかった。貧乏学者の家に生まれてしまい、下の兄弟もいて生活が苦しい。だから独立しろと言っているだけなのだ。そんなのは珍しいことではない。ずっと前から独立のためのお金を貯《た》めていたし、勉強もできる限りやった。

家に対して愛着がないわけではない。だが、上の兄弟も目立った実績がないため、生活に苦しく、結婚話も上がってこない。このままでは同じ道をたどるだけ。だからこそ出ていけと言っているのだ。

僕は反論せず、家を出ていった。

真っ先に向かったのは、冒険者ギルドの建物。

冒険者は、実力主義の世界だ。そこの世界に身を置きつつ地道に勉強し、チャンスを待ってことにしたのだ。

とはいえ、幸運が来るのをただ待っていてはだめだ。そんなことでは未来などないも同然。だから、わずかなお金を出して情報集めをした。

どのような人物が出世できるのか？　どのぐらいの実績を挙げているのか？　どのような人材を好むのか？

そうしてチャンスを待った。


しばらくして、一人の冒険者の話題が上がり始める。

ユウキという、変な名前の冒険者。

馬鹿で愚《おろ》かな勇者パーティの尻拭《しりぬぐ》いをしており、ギルドでは彼が解放されるのを心待ちにしているそうだ。

素晴らしい人格者であり、各方面の繋がりも強く、信頼も厚い好人物とのこと。

僕はその噂に食いついて、さらに情報を集めることにした。出てくるのはいつも良い話ばかりで、悪い話をする人はまったく存在しなかった。

これ以上の主君はいないと判断し、彼に家臣入りしたいと希望。何とか最初に家臣入りするチャンスを手に入れることができた。

そうして実際に会うと、非常に珍しい黒い髪と瞳を持った若い青年であった。年は僕と大して違わないだろう。

こんなに若くて大丈夫なのだろうか？

最初にそんな懸念《けねん》を抱《いだ》いたが、それはすぐ意味のないものになった。

古《いにしえ》の特化戦士と呼ぶにふさわしい、圧倒的な戦闘能力を持つ武人であり、解体をはじめとした各種技能、さらには誰よりも先見《せんけん》の明《めい》を有す知恵者であった。そのような、とんでもない人物だと判明したのだ。

いける、いけるぞ！　この主君ならば出世は間違いない。職業貴族として爵位をもらうのも夢物語ではない。

僕はそのとき、そう確信したのだった。

現在、ユウキ様はギルド直々の依頼を受けている。

当面はその依頼にかかりきりになるそうで、遠隔《えんかく》の地より僕らに商売についての指示を出すとのこと。

「……これとこれを丹念に混ぜ合わせて、っと」

僕は今、ユウキ様直伝の薬剤の調合に取りかかっている。

手荒れに効く軟膏と、傷に効く薬液を調合している。

正直この薬剤、匂いは良くなく、色が強烈《きょうれつ》で毒々しい。そんなわけで怪《あや》しい限りなのだが……効果は絶大《ぜつだい》だった。

それを、リシュラとリシュナの店にだけ提供している。

売り上げは日を追うごとに伸びており、その利益は普通の薬剤師ではお目にかかれないような金額になっていた。

「さて、と」

本日製造する量をこなした僕は、冒険者ギルドに向かうことにした。


「ウルリッヒさん、いらっしゃいませ」

「本日もよろしくお願いします」

ここでやることは二つある。

一つはギルドに金を預けること。今後のためにも、僕は決まった額を積み立てていた。

ユウキ様曰く。

「多少苦しくても、定期的にギルドに金を積み立てること。冒険者ギルドとの信頼関係の構築は、お金を積み立てることでできる。将来自分がやりたいことをやるためには、実績と信頼が必要。だからこそ、金を預けるんだ」

金をいくら持っていても、ギルドに貢献していなくては何も始まらない。積み立てた金は、明確な信頼となるというわけだ。

二つめのやることは、ギルドで行われている授業への参加だ。

ギルドでは、様々な授業が行われている。戦闘実習から大衆的なレクリエーションまで、分野は様々ある。

「失敗した人間の話を百回聞くより、成功した人間の話を一回聞いたほうがいい」

これはユウキ様の教えだ。厳しいけれど、失敗したり結果を出せなかったりした人に付き合う必要はないのだ。

ユウキ様は、成功した者とだけ関係を築《きず》けと助言していた。成功者のほうが学びが多く、繋がりを作れれば「類は友を呼ぶ」となっていくそうだ。

僕は今日、授業に参加する意思をギルドに伝えていた。授業を行ってくれるのは、ギルドでも有数の経済学者である。

え？　何で薬剤師である僕が経済を学ぶのかって？

ユウキ様が言うには、上に立つ人は一つのことを専門的にやらないほうがいいそうだ。専門的にやるのは下に任せればいい。上に立つのなら、広く浅くともたくさんのことを学ぶほうが良いとのこと。

なお、参加者は二十人まで。授業料は高いが、薬剤を売ることで稼いだ金で出せる範囲だった。

「で、あるからして。これはこうなって……」

僕は授業の内容のメモを取る。

ちなみに、この授業に参加している優秀な人と交流できるだけでも意味はあって、この人脈は財産となる。そこまで考えると、授業料など安いものだ。

そんなわけで、授業終わりにさっそく僕は周りの人らに話しかけてみる。そして、なぜこの授業に参加したのか、仕事は何をしているのかなど聞いてみた。

多くの人が、今後独立することを前提としているため勉強が必要であるとして、授業に参加しているそうだ。

話は弾んで、なかなか実りのある会話となった。

僕を含め、皆まだ独立できる資金力はないけど、あまり時間はかからないような気がした。

もしかしたらいずれ誰かと接点を持つかもしれない。皆、付き合って損はない相手なので、こちらもそれ相応の対応をすることにした。

次の日。

「あなた」

「ん？」

街中で誰かに呼び止められる。振り返ると、そこには女性が数人いた。

「ウルリッヒ、ですよね」

「……そうだけど」

女性の服装は素材が良く、そこそこ装飾品《そうしょくひん》も持っているようだった。

僕は不審《ふしん》に思いつつ問う。

「あなたは誰ですか？」

貴族であるボイス家の次女だと説明される。

だが、次の発言が面白《おもしろ》おかしかった。

「私の夫になりなさい」

……はぁ、こういう輩か。

なぜ夫にならないといけないのかを聞くと——

「今、噂の薬剤師だそうですから、資金力に問題はありませんね。貴族の娘の婿になれるのです。平民程度ならばこれ以上の幸せはないでしょう」

とのことだった。

金が目当ての結婚話とは、馬鹿馬鹿しいにもほどがある。

どこかで僕の作った薬剤の噂を聞いて、僕程度なら手軽に扱えると思ったのだろう。どこも金を搾《しぼ》り取り、最後にはゴミのように捨てるのだ。

結婚など、ただの口約束である。

こんなのを相手にするくらいなら、ずっと仕事をしていたほうがいい。

相手は「夫になれ」の一点張り。

それも街中で言うのだから、始末が悪い。

「我が貴族家の一員になれば、望む物はすべて手に入りますよ」

ふぅん……そう。

だが、金のない世襲貴族に何ができるというのだ。

こいつに頼るより、僕はユウキ様の家臣なのだから、望む物は今後いくらでも手に入れられるようになるだろう。

僕は冷たい目をして告げる。

「目の前から消えろ」

「えっ」

僕は迷惑極まりない女を放置して歩き出す。

相手は呆然《ぼうぜん》としていた。

第三章　人材育成

「ユーラベルクの冒険者ギルド支部長、リサ殿。例の件はどうなっておるかな」

私、リサのもとに、職業貴族たちが集まっていた。

彼らは次々に言い募《つの》る。

「ムルカとユウキが進めている陶器作りに、我々の貴族の子供たちを関わらせるという話、いつになったら受け入れられるのか」

「その件については、まだ製造技術の修得に時間がかかり……」

私がそう言いかけると、職業貴族たちはさらに詰め寄ってくる。

「ムルカはともかく、ユウキは相当に稼いでいるというではないか！　陶器以外でも忙しく、手いっぱいに違いない。別の商売のほうで人を雇ってもいいと思うのだが……」

「そうですよ。ユウキの店が繁盛していることは誰もが知っています。あれだけ稼いでいるのだから、家臣の枠《わく》だって多いはずです」

「早く会わせてほしい。子供らの将来がかかっておる」

早く早くとせっついてくる。

自分の一族を家臣として引き立ててほしいと言っているのだ。

世襲貴族に限らず、職業貴族にとっても働き口探しは厳しい。能力がありながら、仕事に就けない者も出てきている。

そんな中、これまでたくさんの雇用創出《そうしゅつ》をしてきたユウキは希望の星だった。ギルドとしても、ユウキには店を増やすなどしてほしいところだったのだが――

「――だめ」

ユウキに速攻で拒否されたのだ。

「コントロール不可能な店を増やして、財産を奪い取られでもしたら最悪だから」

ユウキには、吊り上げ式解体台の発案による莫大な技術料が入っている。だが、無駄に使う金はないとして、出店を止めているとのこと。

店を任せられる人材が育つまで、現状維持に徹《てっ》するそうだ。

ユウキがそういう方針である以上どうしようもないのだが、周りはそうは考えない。とにかく家臣を増やせと騒いでいた。

ユウキからすれば、「僕にばかり頼らないで、自分らで稼げる仕事を考えろ」と言いたいところだろう。

職業貴族たちが懇願《こんがん》してくる。

「リサギルド支部長殿、何とかなりませんか？」

私は、悲痛《ひつう》な面持《おもも》ちの職業貴族たちを見ながら考える。

彼らの考えは甘いかもしれないが、放っておくこともできない。ギルドの力で上手く雇用を創出できない以上、すべきことは――

結局、ユウキに全面的に頼るしかないのだ。

私は、職業貴族たちに告げる。

「皆さんの要望は理解しました。私が直接出向いてユウキを説得します。皆さんは、働かせる人材の選別を行っておいてください。説得が成功し次第、すぐにでも働けるように」

私の大胆な口約束を受け、職業貴族は嬉しそうに礼を言った。そうして満足したように部屋を出ていくのだった。

「リサギルド支部長、これはとんでもない難題ですね」

部屋に控《ひか》えさせていたメイドから心配される。

「ええ、そうね」

頭が痛い問題だった。

雇用創出をしろと簡単に言ってくれるが、現在どこでも働き口不足なのだ。

とにもかくにも、ユウキと会って話をするしかない。

あまりいい顔はされないだろうけど。

そう思ってため息をついていたら、コンコンと扉がノックされる。入室を許可すると女性が一人入ってきた。

「ウィンディ」

「ギルド支部長殿、お久しぶりです」

幼馴染《おさななじみ》のウィンディが訪ねてきてくれた。

ウィンディにはユウキを紹介したんだけど……そういえば彼女が結婚してからなかなか会う機会がなく、こうして顔を合わせるのは久しぶりだった。

近くのテーブルに座るように促《うなが》す。

「今日は何の用かしら」

「実はね……」

話を聞いてみると、ウィンディは木材の販売先を探しているようだった。

ユウキという大口の顧客《こきゃく》を持っているはずなのに、まだ足りないのか。

「どうして」

「木材の需要が大きく落ちていて、近隣の山々に原木が大量に溢《あふ》れているのよ。狩人とか木こりとかが山に入って手入れしているけど、もう限界に近いわ」

このままでは山が荒れる心配が出てきているそうだ。

「ユウキが大量に薪や炭を買ってくれたおかげでうちはいいけど、他は大赤字状態。何とか解決策を求めているの」

需要がないのに供給が大量にあるため、木材の価格が激しく値下がりしている。こうした状況に対応できず、廃業《はいぎょう》している店も出ているそうだ。

ウィンディは困ったように言う。

「同業者とも相談したけど、ギルドに頼ったほうが良いと結論が出たわ」

……困ったな。

雇用問題が出ているうえに、この状況はマズい。私には解決策は何も思いつかないし。

ユウキのところで大量に消費されているのに、それでも追いつかないか……

いっそこの問題も、ユウキに丸投げしてみるか。

私は妙案《みょうあん》だと考えた。

ユウキに頼りっぱなしで申し訳ないけれど、彼ならば何かしらのアイデアを出してくれるに違いない。

そうして私は、ユウキのもとへ向かう準備をするのだった。

× × ×

僕、ユウキは窯の中から器を取り出していた。

「ふぅ、これで今回の焼き物は終わりか」

本日分の素焼きを終えて一息つく。

窯が小さく、製作できる数に限りがある。もっと大きな窯が欲しいのだが、窯の製作にはいかんせん時間がかかるので、現状これでいくしかない。

さて、皆の進行具合はどうかな？

僕は修業《しゅぎょう》中の弟子たちの様子を見に行くことにした。

そこには、大勢の人たちが粘土と格闘している様子があった。

「「「ユウキ様！」」」

一斉にこちらを見る。

製作の進行具合を確認するため、数人の手元にある粘土の器をじっくりと観察する。

「………………」

「ど、どうでしょうか？」

心配そうな表情をしている者が多数。

僕はそんな顔をする彼らを少し見てから――

「だめ」

グシャッと、成形途中の粘土を握り潰《つぶ》した。

「「「「ああっ！」」」」

「こんなのじゃ素焼きにすら耐えられない」

そして厳しく「やり直しだ」と伝える。

彼らからすれば、苦労して製作した物を壊されたのだから、思うところはあるだろう。

だが、あのまま焼いていたら、間違いなく窯の中で砕けていた。どうせ砕けてしまうのならば、この時点でやり直しさせたほうが良いのだ。

なお、僕の厳しいやり方に耐えられず、すでに数人が辞《や》めている。その際、僕は彼らを引き止めなかった。

僕はさらに続けて、弟子の作った粘土の器を潰していく。

粘土を練って器にするには、手先が器用でなくてはならないし、熟練した技術が必要だ。

だが、ここにいるのはそうした修業などしたことがない人たちばかり。

遠回りのようだが、ひたすら反復練習させるしかないのだ。

結局、今日も見込みのある物は一つもなかったな。

次の日。

「こんな仕事にはもう耐えられません！」

「辞めさせてもらいます！」

「あ、そう」

　今日も辞めていく人間が出た。

　僕は、辞めようとする人を引き止めないし、どうでも良いと思っている。

　一人辞めると言い出すと、それに釣《つ》られる者が出てくるものだ。徐々に辞めていく人数が増えていき、残っている者らにも不満が生まれているようだ。

　でも、僕は気にしない。

　芸で食っていくことはそれだけ大変なのだ。

　この例えが良いか分からないけど、人を育てるというのは、宝石の原石を磨く作業に似ているかもしれない。

　ただの石ころを磨いて磨いて立派な物にする。その価値を分かるのは少数だけど。

「ユウキ」

「あれ、リサさん」

　作業場でくつろいでいると、ギルド支部長のリサと木材店のウィンディが来た。リサが尋ねてくる。

「お仕事のほうはどう？」

「順調とは言いがたいですね……」

派遣されてきた人たちが辞めていっている状況を正直に伝えると、リサは意外そうな顔をした。

「次々と辞めてる？」

「はい」

「どうして？」

「土を練るのなんて、子供の遊びだと思ってるんですね」

「引き止めようとはしないの？」

「……それに何の意味があるんですか？」

リサは受け入れがたいようで、眉根《まゆね》を寄せて考え込んでしまった。それに、その状況で何もしない僕に不満があるようだ。

僕はリサに厳しく告げる。

「リサさん、あなたは職人の世界が見えていない」

職人の世界では、師の言葉は絶対である。厳しさがあるからこそ、優れた技術が継承されていくのだ。

だが、リサは首を傾げる。

「ただ土を練って器の形にするだけなのでしょう？　そんな簡単なことなのに、どうしてそんなに厳しくするのか理解できないわ」

「簡単そうだけど、実はそうでもないんです。陶器は繊細《せんさい》だから、ちゃんとした技術で作らないと壊れやすくなるんです」

陶器は日常生活で使用されることを目的としている。だからこそ、日常的に使って壊れてしまうような物はありえない。

厳しくしてしまうのはそのためなのだ。

「だけど……」

リサは、あまりにも厳しすぎると言いたげだった。

僕はちょっとムッとして言い放つ。

「じゃあ、ここを潰して他の場所に行きます」

「待って！　出ていかれると本当に困るの！」

ちょっとズルいかもしれないが、僕は取り引きでもするように問う。

「じゃあ、僕のやり方を認めてくれるのですか？」

「……」

そこへ、それまで聞きに徹していたウィンディが初めて会話に入ってくる。

「リサ、彼の言う通りよ。もし品物に欠陥《けっかん》があってあとで文句を言われては、売主は何も言えないわ。ユウキは間違っていない」

僕の作った器を見てみれば、僕が弟子に厳しくするのも当然であると、ウィンディは言った。

「……分かりました」

リサはこれで納得してくれたようだ。

「それで、お二人がここに来た理由だけど……」

ここまで来たのには理由があるのだろうと、二人の話を聞くことにしたのだった。

× × ×

一通り説明を受け、僕は納得して言う。

「……なるほど、余っている原木の売り先をどうにかしてほしいと」

「はい」

「木工店や彫刻《ちょうこく》は」

「そちらのほうにも声をかけましたが、すでに足りていると断《ことわ》られました」

ふむぅ。そういうことならアレができるかな。木材は安いうえに、売り先を探しているような状況だ。アレなら陶器よりも簡単で分かりやすい。

僕がすぐさま注文をすると、ウィンディが尋ねてくる。

「どれほどですか？」

「ざっと二十トン」

「「ええっ⁉　そんなに‼」」

驚きの声を上げる二人。

「初回はそれで。商売が軌道《きどう》に乗ったら、最低三倍の量を予定している」

「そ、そんなに買って、処理できる見込みはあるのですか！」

戸惑うウィンディに、僕は「もちろんだ」とだけ答える。

さらに告げる。

「あと、労働者を集めておいて」

「わ、分かりました」

「それと、ちゃんとした契約書を用意しておいて」

条件として、僕が許可した者でないと同業を認めないこと、同業する場合は一定の利益を分配することなど書いておくように指示する。

「すぐさま原木をこの村に持ってきて」

その後、二人は半信半疑《はんしんはんぎ》のまま帰っていった。

さて、アレをやる技術も知識も持っているから気合いが入るな。前の世界でも少しばかりやっていたし、さっそく必要な物を集めに行くとしよう。

焼き物の窯から離れ、近くの森林地帯を移動している。今回試すアレの元となる物を見つけなければならないからだ。

さて、どのような物があるのかな。

僕がこれほど楽しみにしているのは、前の世界でもやっていたから。法的な制約があって自由にはできなかったんだが、ここではいろいろできそうだ。

いくつかの木の根元を探す。

「おっ、あったあった」

それはキノコだった。

こちらの世界にもキノコがあるのだ。食用キノコもあれば、似たような毒キノコも。キノコ一つひとつを舌先で味わってみる――

「これはいけるか。こっちも食べられる」

食用キノコの根元から菌糸《きんし》を手に入れる。これがなくては何もできないのだ。

そうして数日間、キノコと菌糸の採取を続けた。

それが終わって村に戻ると、薪を手斧で粉みじんに砕く。徹底的に砕き、粉末に近い状態にしておく。

次は種駒《たねこま》だ。将棋《しょうぎ》の駒のような形に揃えていくつも作る。

壺《つぼ》に、大量の種駒、木材の粉末、キノコの菌糸を入れて、水を適度に注ぐ。いくつも同じ物を作った。

「ここは温暖《おんだん》で湿気《しっけ》が十分あるから成長が早いはず」


数日後。


「よし！　菌糸の繁殖《はんしょく》具合は順調だ」

もうちょっとすれば、種駒は問題なく使えるようになるだろう。あとは原木の到着を待つばかりだ。

「ユウキ」

リサがウィンディを連れて現れた。

僕はリサに尋ねる。

「原木の調達はどうなりましたか？」

「それについては何の問題もなかったわ。どこもかしこも原木が余りすぎていて、買ってくれるのなら大喜びといった感じだったもの。とりあえず買えるだけ買ってきたから」

労働者も連れてきたとのことで、何をすればいいか聞かれる。

原木を並べてもらおうかな。原木を適度な長さに切り揃え、並べてもらうという重労働をお願いした。

でも、そこから先は見せられない作業になる。キノコの菌が十分に育った種駒を木に打ち込んでいくのだ。それを何度も行っていく。なかなか楽しいので手間って言うほどじゃない。

種駒を打ち終えた原木は外に並べておく。

相当な量を並べなければならないので時間がかかる。並べた原木には、水を定期的にかける必要がある。


そして一週間後。

「おっ、生えてきたな。この世界のキノコは生育が早いようだ」

原木の皮を突き破って、キノコが出てきた。

あと少しで収穫《しゅうかく》できそうだ。前の世界のキノコ作りとはだいぶ違うが、これで上手くいくなら、種駒の生産をもっと増やしても良いかもな。

それから水を与える作業をさらに繰り返し、待つこと一週間。

ついに収穫のときがやって来た。

「「「オオッ！　これはすごい」」」

労働者たちが大声を出している。

こっちでもキノコを食べることはあるんだけど、キノコは森の奥に行かないと採《と》れないし、採れる量も多くないから、貴重《きちょう》な高級食材という扱いだ。

だが、目の前には無数のキノコを生やした原木がある。

さっそく収穫を始める。

「根元から慎重に採ること。それと、採ったキノコを崩《くず》さないように、大きな葉っぱをかごに入れて、その上に載《の》せてね」

「「「はい」」」

労働者たちは一丸となって、キノコ採取に取り組んでくれた。

数時間かけてキノコの収穫は終わった。

「キノコは全部ユーラベルクまで持っていって」

「はい、分かりました」


手元に残しておいたキノコを使い、料理してみる。

簡単なバター焼きを作ってみたところ、みんな大満足だったようだ。

その後、原木の手入れをする。ウィンディは原木を大量に送ってくるだろうから、もっと規模を拡張しないとな。

ウィンディたちが連れてきた労働者はどうするか。

僕の家臣にするには多すぎるから、ムルカのところで預かってもらおうかな。

ともかく、キノコ栽培《さいばい》に関しては僕がやることはこれでおしまいかな。

そろそろ本腰入れて陶器作りをしたいところだが……他にもやるべきことは多いんだよな。

一度、ユーラベルクに戻ろう。家臣たちが上手く仕事を行っているか確認しないと主君として失格だしね。

面倒だが、徒歩《とほ》で戻るか。

こんな辺鄙な場所にまで馬車は来ないからな。

×　×　×

冒険者ギルドにやって来ると、なぜか混雑《こんざつ》していた。

いったい何があったのだろうか。

何者かが受付で揉《も》めている。

「だから、ユウキを我らの家臣にすればいいのだ！」

「そんなことできるわけないでしょう！」

身なりからして貴族だろう。

僕を家臣にしようとしてるようで、うるさく喚《わめ》いている。

「ユウキが持つ金は、我らが使ってこそ本当の価値がある。ユウキなど金の使い方を知らず、無駄にするだけだろう。金は、我ら世襲貴族が使うのがふさわしいのだ。さっさとユウキの金をすべて渡せ」

「何を馬鹿なことを言っているのでしょうか。いきなり金をよこせなんて、ほとんど犯罪じゃないですか」

何というめちゃくちゃな要求だ。何の理由もなく、僕の金を強奪《ごうだつ》しようとは……極めて馬鹿、そうとしか言えない。

「あっ、ユウキ様、おかえりなさいませ」

ギルド職員がそう言って挨拶をしてくる。

「何っ！　こいつがユウキか！」

そいつらは僕を取り囲んできた。

そして凄《すご》んでくる。

「我らは貴族だ。優秀な我らは、絶対に上手くいく商売を考えたのだ。だが金がない。というわけで我らに金を貸せ」

こいつらの言葉には、何一つとして意味がない。

さっきから同じようなことしか言っていない。要は、理由なんてどうでもよくて、とにかく僕から金を巻き上げたいのだ。

「さぁ、さっさと金を差し出せ！」

一人の男が声を荒らげた。

ここまで聞けばお腹《なか》いっぱいだ。

家臣たちの様子も見に行かないといけないので、一言で終わらそう。

「お前らに貸す金はないし、手助けする気もない」

「な、何だと！　我らを誰だと思っている。畏《おそ》れ多くも貴族だぞ！　敬《うやま》わぬか！」

僕からすれば、生まれがどうとか意味がなかった。

そもそも、他人から金を強奪することを正当化しようなど法が許さないと思う。個人的にも気に入らないし。

僕は冷めた目でそいつらを見る。

すると――

「下賤《げせん》な男が！」

一人の男が剣を抜いてきた。そいつは迷いなく僕に向かって剣を振りかぶる。

向こうから剣を抜いてきたんだし、反撃しても正当防衛だよね。

僕はそいつの顔面を殴《なぐ》り飛ばした。

ガキイッ。

歯を何本もへし折ったような手ごたえ。僕に拳で殴られたそいつは、顔面を血だらけにして倒れた。

「は、はひっぃっ、はぃがなぁ」

おそらく前歯数本どころじゃないだろうな。しかしえらく弱い。これで貴族の子息とは……普通はもう少し体を鍛えているものだが、甘やかされた子供なんだろうな。

「で、次は？」

僕がそう問うと、男たちは剣を抜こうとして躊躇《ちゅうちょ》している。

「ギルド支部で何をしているのですか！」

やって来たのは、ギルドの役員だ。

貴族の子息らが慌てて声を上げる。

「こ、こいつが俺たちのありがたい誘いを断ったんですよ！　この世間知らずに言い聞かせてくれませんか」

貴族の子息らは僕に責任があるように言うが――

「ユウキ殿、こちらに戻っていたのですね」

役員らは僕に頭を下げた。

「へっ？」

そいつらは何が起きているか、理解できないようだ。

役員が僕に尋ねてくる。

「こいつらは？」

「先に武器を抜いた側」

僕はあくまで被害者だと説明する。

「さようですか。おい、こいつらを全員捕縛《ほばく》しろ」

役員はすぐに、捕縛命令を出した。

「な、何でだよ！　俺らは貴族の子だぞ！　偉いんだぞ！　ただ頼みに来ただけだ。何で捕縛されなきゃいけないんだ！」

反論するが、周囲には証人もいるため、誰もその言葉に耳を貸さない。

結局、こいつらは下の階の牢獄《ろうごく》に行くことになった。

×　×　×

「では、本日の議題を話し合いましょう」

ギルド支部長リサの発言から開始された会議、その議題は――

陶器とキノコをどうするか、である。

会議には、リサギルド支部長を筆頭《ひっとう》に幹部数人、ムルカ、職業貴族数人、そして僕が参加していた。家臣の様子を見に行くはずが、会議に巻き込まれてしまったな。

「……では、まず陶器のほうからですが」

今後、大量生産していくにあたって、あとどのくらいの時間が必要か。それが一番重要な問題だった。

一応、現場の責任者である僕が発言する。

「製作するにあたり、技術者が不足しているとしか言いようがありません。育成するにしても、形を成すために一年、そこから器一つを完全に作るには四年ほどかかるかと思います」

全員からため息が出る。

ここにいるほとんどの人は、陶器の実物を見て感動していた。これを量産すれば莫大な利益になることは間違いないと考えていたが——五年もかかるとなれば、投資し続けるのは難しくなる。

幹部の一人が問う。

「改善案はないのですか？」

「……あるにはあるのですけど」

人材育成の問題はさておき、大量生産できる体制になればいくらか改善するだろう。

つまり、今の窯は小さくて数を製造できないので、もっと巨大な窯を作るのだ。また製造工程を変更し、工場のように分業する。

しかしその方法を採ると、手作りの陶芸ならではの良さがなくなってしまうだろうな。

それでもそちらのほうが良いというなら切り替えたいが。

僕がそう説明すると、幹部の一人が首を横に振って言う。

「ふむぅ。それは良くなさそうですね……」

当面、ギルドのほうでは急がせず、僕任せにしてもらえることになった。そうなると次の議題が重要だった。

「次の議題、食用キノコの栽培と言いましたね。森から採れる食用キノコは貴重であり、一般にはあまり流通していません。それを安定的に手に入れられるというわけですか……」

「はい」

「一月《ひとつき》にどれぐらいの量を収穫できるのか、教えてください」

原木を増やさずとも、栽培に慣れていけば、現状の約二・五倍ほどの量が採れるようになるだろうと見込んでいる。上手くやれればもっと増えるかもしれないな。

僕が、具体的なキノコの収穫量を伝えると、周りが騒ぎ出した。

「静かに！　その数字に誤《あやま》りはありませんか？」

「はい」

「ユウキ殿の知識を使えば、どこでも同じことができますか？」

「はい」

ここで別の幹部が言う。

「なお、すでに契約で縛《しば》っており、キノコ栽培の知識を乱用して他の場所で勝手に栽培などはできないことになっております」

その後交渉となり――キノコ栽培を行っていくことが決定した。

ちなみに、リサのグレッシャー準男爵家とムルカのグレッシャー騎士爵家の二家が、この事業を専属的に進めていくことになった。

続いて、職業貴族らからの要求を聞くことになった。

「……では、我々からの要求を申してよろしいでしょうか。実は……」

仕事が欲しいということだった。

現在、仕事が不足していて働こうにも働けない。役職は順番待ち、外に出ても雇ってもらえない。なので、僕の仕事に参加させてほしいのだと。

「「「お願い申し上げます」」」

僕は、彼らの要求を全面的に受け入れることにした。

ただし――

「安楽椅子に座って偉そうにできる仕事じゃないから。そうだな、毎日、地道に雑草を刈るような仕事になるよ」

それでも、今後大きな仕事になるだろう。

皆、懐に入りたいと言ってくれた。とりあえず人はこれで確保できたか。

こうして会議は終了したのだが——

「ユウキ、すみませんが、もうしばらく付き合ってもらいますよ」

会議後、リサから急にそう言われた。

交流会、とでも言おうか。ここに参加できなかった人らと会ってほしいそうだ。山を所有している豪族《ごうぞく》とか、原木を扱う木材店だとかがいるらしい。彼らは立場上、ギルドの会議に参加できないことになっている。会議メンバーに入れると、主張が強いので話し合いがまとまらなくなるからとのことだった。

面倒だけど、これも仕事だと割り切るか。


「えっ？　交流会ですか」

リフィーアたち、ガオムたちにそれぞれ話をすると、皆面食《めんく》らっていた。

そういえば、だいぶ久しぶりに仲間と家臣たちに会っている。

「ギルド支部長からさ。地盤《じめん》固めのために出ろということらしい。僕だけじゃなく、みんなにも参加してもらいたい」

なので、服装をちゃんとした品にしておかないといけない。

僕はみんなに向かって言う。

「しっかりと仕立てた服でないと、恥をかくことになるよ」

「は、はぁ……」

「今から服屋に行こう」

お金については店の営業が順調そのものなので何の問題もない。

全員で、服や装飾品を買いに出かけた。

「リサギルド支部長からお話は聞いております」

さっそくそれぞれに合わせて試着する。

なるべく目に痛くない服装が良いだろう、と注文を出す。あまり強い色はこの世界では好まれず白や茶などが多い。

「ふへぇ～」

全員が居心地悪そうな顔をしていた。

まぁ、皆の出自からして、こういった本格的な仕立て服など着ることはなかっただろうから、当然だろう。

全員のサイズ合わせが終わった。

え？　僕はいいのかって？

僕は自前で持っているから問題ない。

×　×　×

そうして数日後。

僕と家臣・仲間たちは服装を整えて交流会当日を迎えた。もちろん、リサやムルカも来ている。

最初に、ムルカが集まった人々に向かって挨拶をする。

「初めまして。この度《たび》、新たに職業貴族として騎士爵家当主となった、ムルカ・グレッシャーです。まだまだ貴族として勉強不足ですが、ご指導お願いします」

続いて僕の番になった。

僕は緊張することなく、淡々《たんたん》と言う。

「初めまして、代爵位としてムルカ殿の補佐をしているユウキと申します。家名はありません。先人の功績を無にしないためにも、ご指導お願いいたします」

パチパチと拍手《はくしゅ》で迎えられる。

その後、食事をしながらの談笑《だんしょう》タイムとなった。

「ほう、これが新たに生産されている食用キノコか」

「美味いな」

「これはいけますね。ぜひとも仕入れのルートを確保しないと」

出されている料理の多くは、僕のところで生産されている食用キノコを使ったものだ。バター焼き、炒《いた》め物、肉料理の添え物など、いろいろなメニューがある。

数人がムルカのところに集まっていた。

「ムルカ殿、今後は我が山々から採れる原木を買ってほしい」

「この食用キノコの販売は我が商店にお任せを」

「私の一族に年頃の娘がいるのです。嫁にもらってはいただけませんか」

随分と人気のようだ。

食用キノコの生産はグレッシャー家が一括して行うことになっているので、何とかその利権に噛《か》ませてもらいたいのだろう。今までこういった場に縁《えん》がなかったムルカは、しどろもどろに対応していた。

外から見ている分には、微笑《ほほえ》ましいけど……。

あんまり余裕をこいてる状況でないのは、こちらも同じだった。僕のところにも大勢の人が集まっている。食用キノコの生産を承認《しょうにん》できるのは僕だけ。しかも大繁盛する店数件を所有しているのだから。

「ユウキ様、私は職業貴族のウィーリィ家の娘です。お見知りおきを」

「私はマクベス家の娘です。もし支店を出すのであれば、推薦してほしいです」

「ビグス商会の一族の娘です。今後の商品開発に関わらせてください」

僕だけでなく、僕の家臣も同じようにアプローチを受けていた。どうにか嫁や婿になりたいようだ。

家臣は皆、今のところ結婚に関心がなさそうなのでとりあえず大丈夫だろう。

しかし、年頃の女性が多いな。

経済力は権力を測るバロメータだ。金持ちほど強大な権力を振るえるからこそ、その人物の妻になりたいという女性が多い。

そうしたアプローチにも丁寧に対応していると――

「ユウキ、えらく堂々とした立ち回りね。もしかして、こういう席に慣れているのかしら？」

人ごみから抜け出したときに、リサが話しかけてきた。

「ええ、まぁ。こういうのは初めてではないですからね」

「深くは聞かないけど、上手く捌いたわね。結婚話はぼかして利益になる話だけ付き合う。良い貴族になるわ」

うちのムルカはパニックになったままだけど、と軽く愚痴をこぼす。

「今後こういった席には何度も呼ばれるのだから、いろいろ覚えてほしいのよね」

「すぐには難しいかと思いますが」

「それでもよ。自立できるかどうかの瀬戸際なのだから。ユウキのおかげで生業《なりわい》を手に入れられたけど、いつまで続くのかは分からない。でもね、期待しているの」

可愛《かわい》い甥の心配をする叔母の顔になっていた。彼女も十分若いのだけど。

「リサさんは、結婚する気はないのですか？」

何とはなしに、結婚の話題を振ってみた。

「う〜ん、気持ちがないわけじゃないけどね」

どうも相手に恵まれないようだ。

すると、リサが突然言い出す。

「ユウキが相手ならすぐにでも嫁ぐけど」

彼女は美人で、女性としては魅力的《みりょくてき》だと思う。だが、結婚相手となると難しいかもしれない。年の差というのもあるが、彼女はギルド支部長なのだ。僕ごときが、そう簡単に結婚できるような立場の人ではない。

僕は、濁して返答しておくことにした。

「どうしても相手が見つからなければ……」

「フフッ、お姉さんは少しばかり本気なんだぞ」

茶化すように言ってきたのだった。

しばらくそんな会話をしていると――

「あら?」

「?」

二人の女性が目に留《と》まる。

「あれは……ライク家の次女ね。どうしてここにいるのかしら?」

どうやらリサは知っているようだ。

「どういった人なのですか?」

ライク家は、食用の麦の生産と販売で財を成した歴史のある家。広大な農地を持つものの、近年は勢力が弱まり、格を下げられているという。

それでも有力な農家であることに変わりはなく、ギルドとの交流もあったのだが――

「確か、当主が病床《びょうしょう》に伏していて……次の当主や農地の分配のことで、一族内で争っていると噂があるわ」

「……そうなんだ」

「参加者として帳簿に名前は入っているけど。一族での争いもさることながら、今は農繁《のうはん》期《き》だから忙しいはず。なぜ来ているのかしら」

　リサの言う通りで、今は麦の成長に大事な季節。普通であれば、その作業に忙しくて、このような会合に来ることは難しいはずだ。

　ライク家の次女は周囲を見渡して僕の姿を見つけると、迷いなく向かってきた。

「初めまして、ユウキ殿。私はシェリー・ライクと申します」

「ユウキです」

　続いて侍女《じじょ》らしき女性が小声で言う。

「……お嬢様《じょう》、本当にこの方で良いのでしょうか？」

　どうも僕のことを値踏《ねぶ》みしているようだ。

　シェリーと名乗った女性は表情一つ変えず答える。

「……今は時間的な猶予がありません。彼の実績なら、問題も解決できるのではないかと」

「しかし……」

「大きな賭《か》けになりますが……勝算はあります」

　本人を前にしてヒソヒソ話をするなんて、その度胸《どきょう》はなかなか面白いけど。

　僕は二人に問う。

「どのような用件でしょうか」

すると、侍女はシェリーの前に出る。

「え⁉」

そして膝を折り、地べたに頭をつけて、土下座《どげざ》してきた。

「ちょ、ちょっと！」

「ユウキ殿、お願いでございます！　どうか、どうかお嬢様を嫁にもらってはいただけないでしょうか！」

いや、いきなり来て土下座してきて嫁にもらえって何事なの？

さらには、シェリーまで土下座してきた。

その光景に周りが騒ぎ出す。僕は仕方なく、冷静に話を聞くために場所を変えようと言ったところ──

「嫌です！　嫁にもらうと言ってくれるまで動きません‼」

シェリーは大人しそうな顔をしているのに、随分と頑固《がんこ》な女性だった。無視して去ろうにもこれだけ大勢の前なのだ。

僕はため息をつきつつ告げる。

「話ができないから頭を上げて」

「……」

「何か重大な話をしたいのでしょう？　だから、対等に話をするために頭を上げて」

「……」

「嫌なら嫌でも構わない。だから」

「……はい」

諭《さと》すように優しく声をかけること数回、ようやく顔を上げてくれた。

何かトラブルに巻き込まれることになりそうだが、とりあえず話を聞くことにした。

僕とリサはライク家の次女シェリーと侍女を連れて、ギルドの個室にやって来た。

「さて、用件を聞きましょうか」

リサはギルド支部長の顔になり、厳しい目つきとなる。

そして、シェリーにその眼差《まなざ》しを向けた。

「シェリーさん、今は農繁期であり、麦の育成に忙しい時期。農家は他にも多くありますが、ライク家は長年、麦の生産でギルドの発展に貢献してきた、誇り高き一族。現在、その地位が下がっているとはいえ、公衆の面前で土下座するなど……」

リサは人前で恥《は》ずかしくないのかと非難《ひなん》した。

「リサギルド支部長殿。お騒がせしてしまい、申し訳ございません。我が家が抱えている問題が大きくなりすぎ、外部に助けを求めているのです」

それから、シェリーの事情を聞くことになった。

いるという。

ライク家は、かなり昔から麦生産で財を成してきたが、近年はそれに陰《かげ》りが見え始めて

新規開拓者の台頭《たいとう》、麦価格の下落により、厳しい経済状況となっていたのだ。

そんな折、麦ではなく、もっと高く売れる米の生産に切り変えようという意見が身内から出たのだが――

「ギルドの調査では、あの辺りは降雨《こうう》が少なく米に向きませんよ」

そんなの自殺行為だと、リサは主張した。

ギルドの調査結果であるならば、それは間違いないのだろう。

「……はい、そうなのですが」

結局、ライク家は二派に分かれてしまったという。

麦の生産を続ける派と、米の生産に切り替えるべきだという派で対立し、激しく争うようになったそうだ。

「当主や一族の近親者は、麦の生産に賛成しているのですが……分家から若い連中が出てきて、それに反対しているのです」

事業の方向性の対立以上に、意地の張り合いのような、感情的なぶつかり合いになっているらしい。

「何とか話し合いを続けていたのですが……」

ついには武器を持ち出してきたそうだ。

「背後には、世襲貴族の存在があります」

役職を持っていないニート貴族が、陰から対立を煽《あお》って、ライク家の分断や乗っ取りまで図《はか》っていると――

リサはため息交じりに言う。

「あいつら、能力も頭の中身もないくせに、なぜか金の話になると狡猾《こうかつ》になるのね」

「はい」

目障《めざわ》りで迷惑だと怒りをあらわにするリサ。

そして僕のほうを見る。

「ユウキ、人手を貸しますから行ってきなさい」

「え？　僕が解決するんですか？」

やはりこういう展開になるのか。

「あなたの武力については、よ〜く聞いているから」

不穏《ふおん》分子を蹴散《けち》らしてこいと。

一応聞いておく。

「陶器の製造や、食用キノコの生産はどうするのですか？」

「キノコは種となる種駒の生産が問題なのでしょう？　それについては報告を受けていま

す。陶器にしてもキノコにしてもあと回しにしていただいて構わないから、今はライク家のトラブル解決に当たりなさい」

まぁ実際のところ、種駒は大量に作ってあるし、作り方も報告書に書いておいたので、僕がいなくても問題ないようにはしてある。

リサからは、馬を貸すから行ってこいとの命令。

僕には拒否する選択肢はなかった。

第四章　内輪《うちわ》揉め

そうしてガオムらとギルドの役員四十人ほどを連れて、ライク家に行く。

「ここがライク家が所有している土地です」

「へぇ」

馬に乗って出発し数日、ようやくその土地に到着する。

そこには、麦が一面に育っていた。

うん、この様子なら土地は肥《こ》えていて、成長には何の問題もないことが窺《うかが》えるな。食用の麦としてはかなり上等そうだ。

実は麦を使った商売も考えていたから、恩を売って損はない相手かもしれない。

「当主や経営に携わっている者らを紹介いたします」

麦畑を突き進んでいくと、大きな建物が見えてきた。

さっそく中に入ると――

「そのようなことはいっさい認めませんよ！」

「時代の流れが見えない愚人《ぐにん》が！」

男女が争い、険悪《けんあく》な雰囲気になっていた。

シェリーが駆《か》け寄り、女性のほうに声をかける。

「お姉様！」

「シェリー！　帰ってきたのね。どうだったかしら？　かの人物の助力は得られそうなの？」

シェリーがお姉様と呼んだ女性の耳元に向かって何かを告げると、その女性は僕のほうに顔を向ける。

「あなたが噂のユウキ様ですか。ギルドから派遣されてきたのですね！　初めまして、ライク家当主代理、長女のシュニーと申します」

僕は、この場の険悪な感じについて説明してほしいと頼む。

すると、男性側から声が上がる。

「フン！　ギルドから派遣されたくせにえらく青臭いガキじゃないか」

「まったくだな」

男らは大笑いをしている。

僕はそれを無視して――

「聞いた話では、麦の生産に専念するか米の生産に切り替えるか揉めている、ということでしたが、それで合ってますか？」

感情的になっても意味がないので、ここはしっかり話し合って、さっさと問題解決に進んだほうが建設的だ。

まずは土地の所有者であるシュニー側の意見を聞いて、それから男らの話を聞いてみることにした。

その間もずっと険悪な雰囲気のままだったが。

一時間後。

「……ということなのです」

「……そういうことだ」

両者の話を聞き終わって、大体の状況は理解できた。

僕は、解決方法を順序立てて説明する。

「まず土地と経営の状況を確認します。それから土地が米作に切り替えられるか調査し、麦と米どっちが儲かるか試算しましょう。最後に、両者が納得できるように、話し合いの席《もう》を設けるということで」

麦作と米作、どちらが将来的に実入りがいいか、それを明らかにすれば、骨肉《こつにく》の争いでも解決の糸口が見つかるかもしれない。

そのため、冒険者ギルドから経営に強い人材を引っ張ってきたのだ。

シュニーは僕の説明に安堵《あんど》した様子を見せたが、男らは激昂《げっこう》し出した。

「そんな悠長《ゆうちょう》なことなどしてられん！　すぐさま大金になる米の生産をするべきだ‼」

口喧《くちやかま》しい。

年長者のくせに駄々《だだ》をこねる子供のようだ。こいつらは農民としてそれなりにやってきたのだろう。だから、年が下の僕の意見など意味がないと言っているのだ。

だが、前の世界で僕はここ以上の規模だった大農家の母の子。幼い頃から厳しい教育を受けてきたので、こいつらよりも経験も知識も豊富だ。

男たちは、これ以上話しても無駄だと判断したのか帰っていった。


その後、僕は当主に会うことになった。

当主は、奥の部屋のベッドに横になっていた。

「こちらが伯父《おじ》で当主のウォルターです」

シェリーに紹介されたのは、年老《としお》いた男性だった。

え、この人が当主？　えらく年齢が高いな。伯父とはいえ、シェリーたちとはかなり年齢が離れている。

説明を求めると、シェリーたちはウォルターの年の離れた弟の娘なのだという。どうして弟の娘のシュニーが当主代理か、それについては複雑な事情があるとのこと。

先代当主には二人の息子がいた。兄のウォルターが当主になるはずだったが、弟のほうが頭が良く、下級官史試験にも合格した。

兄弟で争いが起こると思いきや――

「俺は頭が悪いから、当主にふさわしくない」

兄のウォルターはそう言って身を引き、弟に当主の座を譲ったという。

その後、ウォルターは弟の下で黙々《もくもく》と農作業に従事し続けた。結婚話はすべて断り、独身を貫いた。

だがあるとき、当主である弟が不慮《ふりょ》の事故で死んでしまった。

それで、仕方なくウォルターが当主となったのだが、彼は姪《めい》のシュニーに経営を任せて、自分は農作業だけしていた。

やがて彼も年には勝てず、ベッドに伏すようになる。

そんな折だった。シュニーの方針に不満を持つ分家の男たちが騒ぎ始めたのは。

大まかに事情を理解したが、このウォルターという人は悪い人間ではないな。弟に当主を譲ったのは、そのほうが家を発展させられると考えたのだろう。結婚しなかったのは、後々争いの種になるという考えだ。

有能ではないが、無能ではない。凡人《ぼんじん》ではあるが、家のために尽くすことのできる善人だ。愚直《ぐちょく》で不器用だが、好感が持てる人物だと感じた。

ウォルターが横になったまま口を開く。

「当主のウォルターです。こんな体なので、横になって話をすることをお許しください」

かなり衰弱《すいじゃく》していて、体を起こすのも困難らしい。

「ユウキと申します。ギルド支部長の命令でここに来ました」

そうして、ライク家の問題を解決したいと伝える。

ウォルターが苦しげに言う。

「その様子では一族の争いを見たのでしょう。お恥ずかしい限りです。小さい頃から目にかけてきたのに、貴族らの甘い言葉に惑《まど》わされてしまいおって……」

ゴホゴホと咳《せき》をするウォルター。

シュニーがすぐに介抱《かいほう》する。

「伯父様、お体に障《さわ》りますので」

ウォルターが目を閉じると、シュニーが話を引き継いだ。

「……争いの中心となっているのは分家の男たちです。ライク家は昔から麦の生産一筋《ひとすじ》。近年は麦の利益が減少し、何とか高く売る方法を探していたのですが、分家から強い反発が出てしまい……」

いがみ合うほどの対立に拡大してしまったという。

そして、何とかこの状況を解決できないかと助けを求める中で、僕の噂を聞いたらしい。

「ユウキ様、助けていただけないでしょうか？」

シュニーはそう言い、シェリーとともに頭を下げてきた。

僕は、とりあえずこの土地を調査させてほしいと伝えた。

こうして、僕はしばらくライク家にお世話になることになった。その日は簡単なもてなしを受けて、ベットで寝た。


翌日。

「この辺りでいいか」

ガオムらを連れて、土地の調査を開始する。

農地に鋤で穴を縦《たて》に掘《ほ》り、下のほうから取り出した土を念入りに調べる。

前の世界の知識で言うならば、欧州《おうしゅう》の土質だった。

サラサラしているため水はけが良い。肥沃《ひよく》ではあるもののこの辺りは降水量がそれほど多くないため、麦には適しているが、米には不向きな土。

周囲を調べてみても川は少なく、十分な水を確保するのは難しそうだ。

これは、麦の生産だけに集中すべきだな。

その夜、シュニーとシェリーに調査結果を言うことにした。

シュニーが心配そうに尋ねてくる。

「……どうだったのでしょうか？」

「この土地は豊かではありますが、米の生産には不向きです。それでも強引に米を作ろうとすれば、用水路工事、土質の変化の定着などが必要でしょうね。軽く見積もって数年はかかるかもしれません。結論を言えば、麦の生産のみに力を注ぐべきです」

「そうですか……しかし」

僕の言葉に、シュニーは半分安心半分不安といった感じだ。

麦には売り値が落ちているという問題がある。それを解決しないことには、ライク家の内輪揉めは続くままだ。

僕はそれを解決すべく、一つ質問する。

「ちょっと確認したいのですが、ここに粉挽《こなひ》き小屋はありますか？」

「あ、はい」

シュニーが首を傾げつつ答える。

数代前の当主が建築した、水車兼《けん》粉挽き所があるらしい。だが、水車がすぐに壊れてしまうため、ほとんど使っていないそうだ。

僕は思い切って提案する。

「麦の販売だけではもう限界は見えています。なので、麦を挽いて粉にして販売してはどうでしょうか」

この世界では粉挽きはとても重労働で、石臼《いしうす》で長時間かけて行っている。それだけ手間のかかるものの、麦粉は高く売れるのだ。

だが、その手間ゆえ、多くの農家で実践されていなかった。

「確かに、粉にして売れば、利益が出るでしょうが……」

シュニーは心配そうに言う。

だが、僕ならきっと解決できるだろう。

「僕には、知識と技術があります」

「そ、そのようなことが……本当に！」

僕が自信を持って言うと、シュニーもシェリーも笑顔を見せた。

翌日、シェリーに水車小屋に案内してもらう。

「ここです」

予想より大きな建物だった。

これならかなりの生産力が出せるな。水車が回っていないところを見ると、仕組みの部分に問題を抱えているようだ。

　さっそく中に入る。

「ゴホッゴホッ」

　埃《ほこり》でむせる。

「すみません、もう何年もほったらかしなので」

「お気になさらず」

　まずは掃除からだな。

　さっそく来ている数人で徹底的に掃除する。本当にほったらかしだったようで、ところどころに蜘蛛《くも》の巣があった。

　二時間ほどで大まかな掃除を終えた。

　水車の構造を調べ始めると――

「ど、どうでしょうか？」

　シェリーが心配そうに尋ねてくる。

　僕は水車の各所を触りながら確認していく。

　ここところは大丈夫だな。こっちも問題ない。よし、手持ちの工具や材料でいけそうな範囲だ。

　ガタが来ているのは歯車の部分だけ。ここを交換して粉挽き用の石臼をどうにかすれば、粉の生産力が格段に上がるだろう。

僕は一息つくと、シェリーたちに告げる。

「すみませんが、外に出てもらえますか」

ここから先は誰にも見せられないので、僕一人だけでやることにする。

というのも、この世界にはない技術をたくさん使い、長期の粉挽きでもびくともしない水車にしようと考えているのだ。

まぁ、外見的な構造では判別不可能なのだが——

「さ〜て、久々に弄《いじ》れるぞ」

僕は楽しみで仕方がなかった。

小さい頃、母から教えてもらった最新型の水車の設計を思い出しながら、僕は水車の稼動部分を弄り始める。

用意してきた木材を設計図通りに削り出して、入れ替えをして、各所に補強《ほきょう》を加えて……

時間を忘れて仕事に夢中になる。

×　×　×

ドンドン。

うみゅ？

何かを叩くような音が聞こえる。

「ユウキ様、ユウキ様、起きていらっしゃいますか？」

あ、そうだった！

水車の改良を始め、いろいろ作業していてそのまま眠ってしまったらしい。

しまったな。

やり始めると細かい部分も気になり出して、そっちも手を加えていたんだけど……寝ぼけ眼《まなこ》をこすりながらドアを開ける。

「ユウキ様、起きていらしたのですね」

ドアの前にはシェリーがおり、その後ろにはシュニーがいた。

「すみません」

どれくらいの時間が経過したのだろうか。

聞くと二日も経っていた。

何度となく呼んでいたが、いっこうに出てこないので心配していたそうだ。夢中になると何も聞こえず、寝るのさえ忘れてしまうのは僕の悪い癖《くせ》だ。

完成したので、二人を小屋の中に招《まね》き入れる。

「え、これで完成ですか？」

前と変化したところはほとんどない。

微妙な表情をするシェリーとシュニー。

そりゃそうか。綿密《めんみつ》な図面を見ないと分からないだろうし、そもそも見たところで理解できる知識もないだろう。学者ですら分からないようなレベルの変化なのに、農民の二人が分かるはずもない。とにもかくにも水車を動かしてみよう。

稼動レバーを倒すと、水車はカタカタと静かな音を出し始める。

「あら、音が小さいですね」

以前のように大きな音がしなくなったことに、シェリーは感心したようだ。音が小さくなっただけでなく、運動効率も向上しているのだけどね。

さっそく試しということで、大量の麦を持ってきてもらう。

それを粉挽き用の石臼に置いてしばらく待つと――

ゴリゴリ、ゴリゴリ。

大きな石臼が回り、麦を挽いていく。

そのまま続けても何の問題も起きない。水の流れがそこそこ速いので、石臼は止まることなく回り続ける。

水車は日暮れまで止まることなく動き続けた。

用意していたたくさんの麦はすべてなくなってしまった。

「すごい！　これはすごいですよ！　こんな長時間動かしても何の問題も起こらないなんて!!」

翌日、水車小屋に様子を見に来たシェリーと農夫たちは大喜びしていた。

以前は、数分も立たずギシギシ音を立てて動かなくなるので、水車には誰かしら付きっきりになっていたそうだが、僕が直した水車は勝手に動き続ける。

我ながらすごいと思っていると——

「ユウキ様、あのですね……」

なぜか、もじもじするシェリー。

言いづらそうにしつつも、話を切り出す。

「実は、あと二つ同じような水車があるんですよ。そちらのほうもお願いしてよろしいでしょうか？」

……まぁ、知ってたけどね。

材料や道具は用意してきているから、やれないことはない。

そうして僕はあと二つの水車の改良の仕事をこなすことになった。

数日後。

「こちらの水車小屋に麦を運びなさい。日が暮れるまでには終わらせるのです」

シェリーが先頭に立ち、馬車の荷台に積んだ大きな麻袋を運び入れる。

改良された水車小屋一つで、一日に百五十キロは粉にできる。それが三つあるため、合計で四百五十キロ。

麦を粉にして売りに出すと、最低でも八倍ほどの価格差となる。これから売りに出そうとしていた麦はもとより備蓄していた麦も、粉にして売るみたいだ。

いくら挽いても故障しない水車を手に入れたため一気に金を稼ごうと、農夫らも元気だ。

挽いた麦は重さを量《はか》って、すぐさま袋に入れられていく。

僕はその光景を確認してから屋敷に戻り、ウォルターとシュニーに報告した。二人から涙ながらに礼を言われる。

「ユウキ殿、誠に、誠にありがとうございます」

「ユウキ様の改良された水車を手に入れたことにより、ライク家は麦の生産だけでも家を保つことができるようになりました」

シュニーは満面の笑みだったが、すべての問題が解決したわけではない。

「今さら言うことではないですが」

「分かっておりますとも」

米の生産に切り替えようと騒いでいる分家や農夫らの問題。それを背後から煽る世襲貴族ら。これらがどう出てくるか、対策を考えておかないといけないのだ。

「信頼のおける者らで、この屋敷の安全の確保に動いています。相手が荒っぽい手を使ってくることも考え、ギルドに冒険者の派遣を要請《ようせい》するつもりです」

守りに徹することしか考えていないようだが、世襲貴族たちの煩《わずら》わしさを知っている僕は、それでは良くないと提案する。

「今のうちに始末しといたほうがいいと思うのですが」

「おっしゃりたいことは分かりますが、あんな馬鹿でも分家なのです。身内の温情が少しばかりあります」

長年の関係があり、処分するには問題があるらしい。僕としても、そこにとやかく言う気はなかった。

シュニーが話題を変える。

「いろいろ大仕事をしていただいてお疲れでしょう。挽いた麦の販売が終わらないとお金が入らないので贅沢《ぜいたく》はできませんが、できる限りおもてなししますので」

ともかく、今は分家や貴族の出方を見ないことには始まらない。作業して疲れたので、ここはしっかりと休むことにしよう。

シェリーは街へ麦粉を売りに行くようだ。その足でギルドに赴《おもむ》き、冒険者を呼んでくるとのこと。

「それではお姉様、粉にした麦を売ってきます」

「いってらっしゃい、期待していますから」

シェリーは荷台に重い袋を載せると、数台の馬車を伴《ともな》って出発した。

これが上手くいけば、麦の生産だけでライク家の生計が成り立つようになるので、周囲の期待も大きい。

馬車は動き出し、やがて見えなくなった。

×　×　×

「ユウキ様、少々お時間よろしいでしょうか」

「ん、いいですよ」

シュニーに連れられ、またウォルターの部屋に行く。

「皆は下がりなさい」

シュニーは他の人を部屋から出るように命令する。残ったのは僕と、ウォルターとシェリーだけ。何か話があるみたいだ。

「ユウキ様。この度は数々のお力添え、誠にありがとうございます」

僕は「仕事だから」と軽く返答する。

「実は、ここまでお世話になって言いにくいのですが……」

それからシュニーは、シェリーが僕に嫁にもらってほしいと言ったのは、彼女の本意ではないと打ち明けた。

で、今になってそのことを言ったのには理由があるそうで――

「シェリーには、密《ひそ》かに心を寄せている男性がいるのです」

僕を呼び寄せるため、自分の心に嘘《うそ》をついているのだと。

まぁ、別にシェリーを手に入れようとも思っていないのだが。

なお、その男性は冒険者ギルドで働いている若者で、シェリーの幼馴染だそうだ。真面目で根気があり誠実《せいじつ》、上からの評判もいい。

ただ能力は高いとは言えず、大きな仕事はできないが、そこそこなら任せられる程度とのこと。ライク家が傾《かたむ》きかけていなければ、結婚させたいと思っていたそうだ。

つまり、麦粉によってライク家再興の道筋《みちすじ》が見えてきたので、二人には一緒になってもらうおうと――

「そこでなのですが……」

シュニーは突然、下の妹を嫁にもらってはくれないかと提案してきた。その妹というのは、もうすぐ成人するそうだ。

「本人はどこにいるんです？」

「部屋にいるのですが……」

シュニーが口ごもる。何か問題があるのか。

「かなりの人見知りでして……」

だから部屋に閉じこもっているそうなのだ。そういえば、屋敷で一度も扉が開いてない部屋があったな。

「何度となく呼んでいるのですが……」

いっこうに部屋から出てこないのだという。

僕がその子を嫁にもらうかどうかはさておき、そのままでは心配だし話が先に進まない。

ちょっと荒療治《あらりょうじ》になるが、多少無理させてでも会ってみるか。

名前を聞くと、アリーナというらしい。


さっそくアリーナの部屋に行く。

「鍵《かぎ》は付けていませんから」

ほとんど身内しか来ない家なので、鍵の類《たぐい》はないそうだ。

扉をゆっくり開ける。

「あの子？」

「はい」

少し開けると、椅子に座って何か作業をしている女の子がいた。シェリーやシュニーと似ているが、どこか大人しそうな印象を受ける。

後ろからゆっくり近づく。

椅子の少し後ろまで行くと、刺繍《ししゅう》をしているのが分かった。

「♪～♪」

真後ろまで近づいても気づかない。それだけ夢中なのだろう。

「なかなか良いじゃないか」

「⁉」

アリーナは驚き、後ろを振り返る。

「あ、あ、あ」

目を見開いたまま固まっている。

「どうしたの？　続けて」

まだ彼女は固まったままだ。

そして動き出そうとして、椅子から転《ころ》げ落ちてしまう。刺繍を放り出し、這《は》いずるように壁際《かべぎわ》まで逃げてしまった。

そのまま壁に張りついたままになる。

シュニーが慌てて部屋に入ってきて、アリーナに駆け寄った。

「アリーナ、心配する必要はありませんよ」

怯えた表情のままのアリーナ。

僕としては「そこまで怯えるのか」という感想であった。

何とかシュニーが宥《なだ》めようとしているが、アリーナは聞き入れない。

シュニーがアリーナに付いている間、僕は調理場に行き、温かいお湯を用意して戻ってきた。未だにアリーナは壁から動いていない。

僕は魔法のバッグからティーセットを取り出すと、お茶を作り始める。

「ユウキ様、いったい何を？」

シュニーが不思議そうに問う。

こういう子には強引に歩み寄るのはだめだ。心を開かせないと。茶葉をティーポットに入れてお湯を注ぎしばらく待つ。

できたらそれをカップに注ぎ――

「はい、どうぞ」

アリーナに差し出した。

「……」

彼女は差し出されたカップを見つめ、やがて手に取る。

そして、それに口を付けた。

「⁉」

目をパチパチさせ、とても驚いている。そして夢中になってお茶を飲み始める。飲み終わると、無言でカップを僕に渡してきた。

まだ飲み足りないのだろう。僕は喜んでお茶を注ぎ直す。それを数回したところで、アリーナはようやく緊張が解けたのか、おずおずと尋ねてきた。

「……あなたは誰ですか？」

か細い声だが、ちゃんと聞こえた。

「僕はユウキだよ」

「……アリーナ、と、申します」

ようやくまともに話ができるようになったな。

「ものすごく美味しいお茶ですね。これ」

「うん、こんなの初めて口にした」

その後、シュニーを交えて話をした。もちろんお茶を飲みながら。アリーナは最初こそ怖《こわ》がっていたが、お茶のこととかいろいろ聞いてきた。

シュニーが改めて僕を紹介する。

「さて、アリーナ。こちらがライク家にお力添えをしてくれているユウキ様です」

「ど、どうも」

少しばかり表情が硬《かた》いが、別にいいか。

シュニーがいきなり本題に入る。

「アリーナ、あなたにはこの方のもとに嫁いでもらいます」

「けっ、こん、なの？」

「そうです」

お家のための婚姻《こんいん》だと説明する。

「お姉様、でも」

「でもも何もありません」

結婚相手としてこれ以上の相手は見つからないと、シュニーは丁寧に説明する。しばらくそれは続いた。

やがて根負《こんま》けしたのか。

「す……末永くよろしく……お願い申し上げ……ます」

アリーナは赤面しながら手を出してきた。

急展開だなと思いつつ、僕はその手を取って握手《あくしゅ》する。

アリーナは人見知りだが、一度打ち解けるとなかなかおしゃべりが好きな子だと分かった。飲んだお茶のことをきっかけにいろいろ話をしたし。

今はまだ緊張しているけど、根は明るい子だと思う。

最初の一歩としては良いだろう。

×　×　×

さて、アリーナのこともあるけど、ライク家の問題がすべて解決したわけではない。引き続き、シュニーとともに解決策を練る。

「……麦粉を増やすのですか？」

「そうです」

ライク家の農地は他の農家に比べて広い。その大部分を麦の生産に当てており、生産高はざっと計算して数千トンになる。ただし水車は三つしかないので、そのほとんどは麦のまま売ることになるのが現状だ。

麦粉の生産量を増やすには、同じ水車を何台でも欲しいところだが――

「しかし、お金がありません」

「僕が融資します」

水車を製作するには多額の費用がかかるが、僕の資金力をもってすれば心配はない。僕がここで手助けできる時間は限られているので、その間にできる限りすることにした。

「重ね重ね、ありがとうございます」

シュニーが深々と頭を下げてくる。

水車の組み立ては冒険者ギルドの職人にやらせ、一番肝心な部分だけを僕がやろう。

そうと決まれば、今後やるべき仕事をどのような順序でやるかを考えておかないといけないのだが——


「アリーナ、一緒に遊ぼう」

「は、はい」

それはそれとしてアリーナと遊ぶことにした。

これも仕事の一つである。分家と引き続き揉めているので、水車事業に本腰を入れづらいというのもあるけど。

僕が作った木製の玩具《がんぐ》を取り出し、アリーナと一緒に遊ぶ。

「ほら、これはこうすると」

「わぁ、不思議です」

前の世界では子供向けのパズルだったが、仕組みを知らなければ、大人でも驚くような作りになっている。暇潰《ひまつぶ》しに製作したのだが、アリーナには随分好評なようで、彼女は「すごいすごい」と連呼していた。

「次はカード」

三枚のカードを出し、マークが書いてあるカードを当てさせるというゲームをする。

カードを何回か動かしてアリーナに選ばせる。

「え、あれ？」

「残念でした」

カードはゆっくり動かしているので簡単に当てられそうだが、トリックを知らなければまず当てられない。

アリーナは何度も挑戦したが、一度も当てられなかった。

「う〜っ！」

「楽しかったでしょう」

アリーナの顔は「どうして？」という疑問でいっぱいだ。

「ユウキ様、アリーナ、お茶です」

シュニーがお湯が入ったティーポットを持ってきた。僕は魔法のバッグから茶葉を取り出してポットに入れる。

三人でお茶にする。

「その様子ではだいぶ打ち解けたようですね」

「そうですね」

「ユウキ様って、とっても不思議なことができるんですよ」

アリーナはすごくご機嫌だった。まぁ、マジックほど分かりやすく人を楽しませられる娯楽《ごらく》はないからね。

僕はふと思い出しように、シュニーに尋ねる。

「水車のほうはどう？」

「元気に動いていますよ」

僕が改良した水車は、今日も問題なく動いているようだ。僕らがこうしている間にも、麦を粉にしてくれている。

「麦粉の売り値次第で、今後のライク家の命運が決まるでしょうね」

麦の生産だけにするのか、米の生産に切り替えるか。すでに決着はついていると思うのだが、両陣営は未だに対立し続けているらしい。

麦しか選択肢がないという現実を突きつけ、分家には納得してもらいたいが……

「向こうは足並みが乱れて、離反《りはん》する者らも出ているようです」

分家側は、米の売り値が高いということでまとまっていた集団だ。その利点が崩れたので、元の生活のままで良いという人たちも出てきたのかもしれない。

「不安なのは、世襲貴族の存在ですね。何をしでかすか分からない彼らなら、実力行使に出てもおかしくありませんから」

シュニーの言うようにその心配はある。

なお、必要のない武力行動は禁止されている。冒険者ギルドは、国や貴族とそういった協定を結《むす》んでいるのだ。それを無視して軍勢を動かせば徹底的に叩かれる。賠償金《ばいしょうきん》も支払わなければならないし、負けたときのリスクは大きい。

ライク家には一応装備はある。だが、農民は軍事訓練を受けていないので、戦力にならないだろう。もし、冒険者ギルドの援軍が来る前に軍勢が来たら――

美味しいお茶を飲みながらの雑談のはずが、物騒《ぶっそう》な話となってきた。

シュニーは眉根を寄せせつつ言う。

「シェリーには、売った麦粉の売り上げをすべて使って援軍要請するように言いつけてあります。麦粉相場は高いですから、数百人は連れてこられるでしょう」

そのくらいいれば、安全は確保できるとのこと。

だが、戦《いくさ》に絶対はない。最悪、僕が解決しなければならないことになるかもしれない――覚悟を決めておかないと。

美味しいお茶を楽しむ二人を見て、僕はいざとなれば戦場に出る覚悟を決める。

そうなれば人を殺すことになるだろう。どれくらい殺せば、相手が引き下がるのかは分からないが――

×　×　×

再び分家や農夫らと話し合いをする機会が訪れた。

シュニーが主張する。

「今後、ライク家は麦粉の生産に力を注いでいきます」

「「「な、何だと！」」」

効率的に麦を麦粉にできる水車を手に入れたことで、ライク家は麦の生産だけでやっていけるようになった。もう米を作る選択肢を考える必要はない。

そう説明したあとで、シュニーは告げる。

「……というわけで、これまで通り麦の生産一本だけで、ライク家はやっていきたいと思います。反論はありますか？」

「「「……」」」

分家と農夫たちは何も言えない。

やがて一人の男が反論する。

「し、しかし、いずれはそれも頭打ちになるぞ！　そのためにも米を作るべきなのだ」

その意見はもっともかもしれない。だが、彼らは米を作るとどれだけの時間と労力がかかるのか理解していないようだな。

僕はそれを男らに分かるように、具体的な数字を交えて説明してあげた。

一通り聞いたあと、ショックを受けたらしい男が声を上げる。

「……な、何だと！　米が作れるようになるのは五年後だと！　しかも労働時間が延《の》びて、赤字が出続けるというのか‼」

「う、嘘だ！　そんなの信じられない。信じられるわけがない！」

僕が伝えた内容は、五年間は無給労働となって、労働時間は今より毎日四時間延び、さらにとんでもない借金をこさえることになるというものだ。

多少計算ができれば、分かるはずなんだが……

彼らは土質という問題にすら気づいていない。麦にしても米にしても、土質を時間をかけて改良しなければすぐに枯《か》れてしまうのだ。長年農家として生計を立てているはずなのに、そんな根本的なことすらも考えていないとは。

さて、もうすでに決着はついたと思うのだが——まだ男らは何か言いたそうだった。

シュニーが男たちに告げる。

「もう、こんな意味のない争いはおしまいにしましょう。これからは忙しくなるのですから」

「くっ、しかしながら。稼動している水車は三軒だけというではないか。これでは今後の発展は難しいだろう！」

シュニーはすぐさま、水車を増やすことを発表した。

こうして本家側が勢いづく一方で、分家側は意気消沈《いきしょうちん》したまま話し合いは終わったのだった。

「これで目を覚ましてくれると良いのですが」

「そうですね。まぁたぶん無理かな」

話し合いのあと、僕とシュニーは今後どのようにライク家を発展させていくのか話し合っていた。ちなみに、アリーナも一緒だ。

「麦を麦粉にして売るという考えはいいけど、いずれは頭打ちになるのは間違いないですからね」

そうなると、麦粉を使った商品の開発をするべきかもしれない。シュニーとアリーナが尋ねてくる。

「ユウキ様には何か考えがあるのですか？」

「聞かせて」

そこで僕は、前の世界にあった麦粉を使用した代表的な料理を作ることにした。これで商売を始めれば新たな収入源になるかもしれない。

また、この世界の料理に革新をもたらすことになるだろう。

×　×　×

翌日、ライク家で働いている農夫たちを集めて食事会を催《もよお》した。

「これ、すごく美味いぞ！」

「麦粉を使用した新しい料理ですか！」

「何て言ったらいいか分かんないけど、とにかく美味い！」

ざっと八十人ほど集まり、皆、僕が作った料理を楽しんでいる。

なお外に簡易《かんい》のテーブルを出し、そこに料理を置いている。

作ったのは、すいとん、餃子《ぎょうざ》、から揚げといった料理。どれもライク家の麦粉を使ったもので、前の世界ではポピュラーな料理だったが、もちろん異世界のここにはない物だ。

「とても美味しいですね」

「すごく美味しい！」

シュニーとアリーナも喜んでいる。二人のほうを見ると、シュニーがアリーナに耳打ちしている。

「……アリーナ、絶対にユウキ様から離れないように」

「う、うん。分かった」

今さらだが、何だかんだでアリーナは僕の嫁になった。

まぁ、ライク家の問題が片づいたら、新しくお店でも出してアリーナを店長にしようかな。

「ユウキ様」

突然、ガオムが声をかけてくる。

何か急ぎの問題でも起こったのか。

「……密偵《みってい》として送り込んでいた者が情報を掴んできました。分家の男たちが、貴族の家臣らしき者たちと密談《みつだん》していると……」

僕が連れてきた者たちの中に盗賊がいたので、密偵をさせていたのだ。狙い通り情報を入手したようだな。

僕はガオムに尋ねる。

「で、どうなりそうなの？」

「報告では、五家ほどの世襲貴族家がいるそうです」

五家か、それは結構多いな。どれほどの戦力を出せそうなのかと聞くと……「八百人ほど」だと答える。

「八百人⁉」

聞き耳を立てていたシュニーが驚きの声を上げた。

さすがに数が多すぎるな。シェリーが用意してくれる冒険者では到底数が足りないだろう。

「ど、どうしたら良いのでしょうか」

「そんな人数、多すぎるよ」

さすがに動揺《どうよう》を隠せないシュニーとアリーナ。

僕は二人に微笑みを向ける。

「安心して。ライク家の土地には絶対に手出しさせないから」

予想より多いが、打破《だは》できない数ではない。

「ユウキ様、どうか、どうか我らをお守りください」

シュニーはそう言うと、アリーナと揃って頭を深々と下げた。

こうなっては戦いは避けられないな。僕は二人に、いざというときのために備《そな》えておくように命じておいた。

×　×　×

「これがライク家の麦粉です」

冒険者ギルドにやって来た私、シェリーは麦粉を指しつつそう言った。

ギルドの役員や商人たちは、その品質を熱心にチェックしている。

「ほう。粒が普通のより細かいな。それに量も多い」

わずか数日で用意したにもかかわらず、キメが細かく温度変化による質の低下がほとんどない。さらに量も多い。

役員や商人たちはライク家の麦粉を、そのように高く評価してくれた。

品質確認を終えたところで、すぐさま買い取りの声が上がる。

「よし、買おう」

「こっちにもだ」

「こちらもお願いします」

私が持ち込んだ麦粉は四トンほど。買い取り希望者が殺到し、わずか十分足らずで売買契約が終わった。

「「「次回もよろしく頼む」」」

すぐに、次の納品の予約をされた。

売価は、麦のままで売ったときに比べて格段に高かった。私の目の前に、あっという間にお金が積み上がっていくのだった。

「シェリーさん、こんにちは」

その後、ギルド内で片づけをしていると、受付から声をかけられる。

私は、慌ててお願いする。

「リサギルド支部長に取り次《つ》いでほしいです」

受付嬢は、私がそう言うのを予想していたかのように、すぐさま手配してくれた。おかげですぐに会うことができた。

「ギルド支部長」

「いらっしゃい。待っていたわ」

笑顔で迎えられる。私はさっそく、ユウキがライク家のためにやってくれた偉業《いぎょう》について詳しく話した。

「……へぇ、長時間故障なしで稼動する水車ですか」

「そうなのです」

すると、リサギルド支部長は急に声を潜《ひそ》める。

「……シェリー、その話は外に漏らしてはだめよ」

「えっ？」

意外な言葉だった。

リサギルド支部長は続ける。

「そのような水車は、冒険者ギルドですら未知の物なの。そんな高度な技術の情報が漏れて、間違った形で広まれば、大量の職人が路頭《ろとう》に迷うことになるわ」

私が唖然《あぜん》としていると、リサギルド支部長は遠い目をしながら言った。

「……とんでもない物を作ったわね。ユウキは」

冒険者ギルドとしてはその技術を学びたいとのことだったが、今は動けないという。リサギルド支部長は沈痛《ちんつう》な面持ちで言った。

「タイミングが悪すぎるのよね」

現在、ライク家は一族内で揉めているだけでなく、世襲貴族の争いにも巻き込まれている。そのような土地にギルドが入れば、さらなるトラブルに発展しかねないとのこと。

話題がライク家の内紛になったところで、私は今回の来訪のもう一つの目的であるお願いをすることにした。

「あの、うちの防備を固めるため、冒険者をお貸しいただけませんでしょうか？」

分家やその背後にいる世襲貴族たちが、軍勢を差し向けてくることは十分考えられる。なので、百人ほど借りたい。

私がそう言うと、リサギルド支部長は深く考え込んだ。

「ギルドが世襲貴族が絡む件に首を突っ込むのは、ちょっと問題があるのよね……でも冒険者の派遣なら問題ないわ。状況を考えると、早いほうが良さそうね」

「はい」

「分かった。数日中に何とかするわ」

「お願いします」

私は、麦粉を売った分のお金をすべて取り出す。

「これが、派遣してもらう冒険者を雇うお金です」

冒険者を戦力として確保するには前払いが条件だ。

「よくこれだけのお金を用意できたね」

リサギルド支部長はお金を見て驚いていた。

さて、これで目的は達成できた。あとは冒険者らとともに帰るだけなのだが——私はその足でとある人物のところに行くことにした。


「ジル、久しぶり」

「シェリー様、お久しぶりです」

私が会いに行ったのは、幼馴染のジルという若い男性だ。

彼はライク家の領地の生まれだったものの、体が弱いので農夫として働くのを諦め、冒険者ギルドの門を叩いた。それで今は書類仕事を請《う》けている。

ジルが私を心配して言う。

「何か家のほうが大変だそうで……」

「ええ」

「力になれることがあれば良いのですが」

「そう、ね」

いつもジルはライク家のことを気にかけてくれる。しかし私が聞きたい言葉は、彼の口からいっこうに出てこない。

――私はこの人に心を寄せている。

だけど、彼は私のことをライク家の娘としてしか見てくれないのだ。

「そろそろご結婚のお年頃ですね」

「どうして！　どうしてなの⁉」

鈍感《どんかん》にもセンシティブなことを聞くジルに、私はつい声を荒らげてしまう。

ジルは戸惑っていた。

「シエ、シェリー様？」

「私は昔からあなたのことを想《おも》っていた！　ライク家で働く農夫ではなく、男性として想っていたのに……」

うっすらと涙が浮かんでくる。

「家が乱れていて、あなたに縋《すが》りたい。頼りたい。なのに、あなたは何もせずただ心配するだけ。それがどれだけ無神経なことか分からないの！」

「……シェリー様。僕は。僕は、そんな……」

そんな他人行儀な優しさなんていらない。今欲しいのは、頼れる人だ。ユウキ様は見事にそれをやってくれた。

この人にユウキ様のようなことはできない。家のためには、ユウキ様と結婚したほうがはるかに幸せになるだろう。

だけど……私は利より愛を取った。

「いつか言っていたわよね。『冒険者ギルドに信頼される人物になる』って。その言葉はいつになったら実現するの？」

ジルと同じくらいの年頃で、そこまで出世する人物などいるわけない。そのことは私も理解している。

だけど、これ以上待たされるのは耐えられない。家の問題が大きいからこそ、ジルの気持ちを確認したいのだ。

「ねえ、何とか言ってよ……」

「僕は、僕は……」

それは私からの、告白の催促《さいそく》だった。

周囲の目はあったが、生半可《なまはんか》な返事では互いに不幸になるだけだろう。

「そう、だよね。これ以上待たせるのは良くないね」

ジルが私のために何をしてくれるのかは分からない。でも、誰よりも私の側にいたいという気持ちはあったのかもしれない。


ジルはその後、休職願いを出してくれた。

「申し訳ありません」

上司に突然言ったらしい。普通ならば問題になるはずだったが――

「頑張れよ」

あっけなくそれは受理されたようだ。

ジルは急いで身支度《みじたく》を整えてくれた。

武器など持ったこともないないずなのに、私を守るためだと気合いを入れてくれたのだ。

×　×　×

「おい！　これはいったいどういうことだ！　話が完全に違うぞ‼」

「そうだそうだ！」

ユウキに完膚《かんぷ》なきまでに打ち負かされた、分家の男たちと農夫たち。彼らはその足で世襲貴族家の家臣たちに会いに行き、怒りをぶちまけた。

「米に切り替えれば大金が入るという話だったが、まったく違うではないか！　いったいどういうことだ！」

貴族の家臣たちは一瞬驚きつつも、こうなることを予期していたかのように冷静に対応する。

「そんな意見、無視すれば良いのです。我が主はそれを解決できる術《すべ》を計画しておりますゆえ……」

「それは、密植栽培《みっしょくさいばい》のことか？」

「……なぜそれを？」

貴族の家臣たちは表情を変化させた。

ユウキはあの騒動《そうどう》のあと、麦と同じ生産高を米で確保するならその方法しかないと言っていた。

なお密植栽培とは、米の苗を密集《みっしゅう》させる農法だ。そうすれば少ない農地でも収穫高が上がるが、問題点も多い。

分家の男が不満げに言う。

「その方法で生産高が上がるのは最初だけで、次第に土地が痩《や》せ、収穫高は下がるそうではないか。その方法では貧困になるだけだと言っていたぞ！」

分家の男たちや農夫たちは、他の解決策を出せと求める。

だが、貴族の家臣たちには何もアイデアがなかった。

「……我が主の判断を仰《あお》がないことには何とも」

「やはり解決策などないではないか！　我々を言葉巧《たく》みに騙《だま》して金を奪う算段なのだろう。これだから世襲貴族どもは信用できないのだ！」

ここで彼らの関係に亀裂が入る。

分家の男たちは、役に立たない貴族の家臣たちを口汚《くちぎたな》く罵《ののし》っていく。

すると今度は、貴族の家臣たちが激昂する。

「ふ、ふん！　しょせん若造の戯言《ざれごと》ではないか。ユウキとかいう程度の男に反論できないなど、やはり農夫には学がないな！　我ら高潔《こうけつ》な血筋に関わる資格はない‼」

分家の男たちと農夫たちは、豹変《ひょうへん》した貴族の家臣の気迫《きはく》に怯《ひる》んでしまう。

すると、貴族の家臣はいやらしい笑みを浮かべる。

「……だがな。よし、良いだろう。一気に行動に移そう」

「ど、どうするのだ？」

「ふ、ふん。本家を追い出して土地を手に入れれば良いのだろう？　主からもいずれそうせよと言われていたのだ」

こうして彼らは反逆の手筈《てはず》を考えることになった。

武器は大量にある。戦力的に彼らに有利なのは確実だ。

問題は、冒険者ギルドから派遣されてくるだろう冒険者だ。

「冒険者たちは本家の屋敷や水車の護衛に分散して回っている。ならば人数を集中させ、本家の屋敷を襲えばいい」

「トップはユウキという頼りない若造。冒険者に気をつけつつ、真っ先に排除《はいじょ》してしまえばどうとでもなるだろう」

彼らはそのように侮《あなど》っていた。

貴族の家臣たちは、ユウキへの恨《うら》みを募《つの》らせていく。

「しかし、ユウキとやらが余計な知恵を吹き込んだせいで、我らの綿密な計画がだめになってしまったな」

「まったくだ」

「早急に処分しよう。いっそ殺しても構わん」

なお、彼らに戦闘経験はなかった。そのため、ユウキが戦いの際にどれほどの強さを見せるのか想像できない。

「五つの貴族家で集まり八百人も集めたのだ。このような土地、すぐに制圧できるだろうな」

そう呑気《のんき》に考えているのであった。

×××

「お待たせ。できたよ」

「「うわぁ～」」

僕、ユウキはライク家の本屋敷に寝泊りしていた。分家と農夫たちがいつ襲ってくるか分からないからだ。

そんなわけで、僕はシュニーとアリーナと楽しい時間を過ごしている。

「さっそく食べても良いでしょうか」

「早く早く」

美味しいお茶には茶菓子が付き物だから、クッキーを焼いてみた。砂糖《さとう》もバターも高級品だが、せっかくの楽しい時間なので大盤振《おおばんぶ》る舞いする。

「このお茶といい茶菓子といい、ユウキ様は美食家なのですね」

「ほんとほんと」

二人が僕のことを絶賛《ぜっさん》する。クッキーなんて作るのが難しいお菓子ではないのだが、この世界ではそれだけで驚いてもらえる。

「早くシェリーが冒険者を連れてきてくれれば良いのですが……」

「お姉様、大丈夫かなぁ」

今のライク家の状況はかなり危険だった。満足に戦える戦力がいないのだ。所詮素人《しょせんしろうと》なので本家に味方してくれる農夫は多く、戦う覚悟もしてくれている。だが、持っている装備は農具のみ。

やはり頼りになるのは、冒険者ギルドの冒険者だろう。

なお、あれから分家との話し合いは行われていない。あそこまで決裂《けつれつ》したのだから、今さら和解は無理だ。

シュニーは、反対した分家や農夫たち全員を追い出す方針を固めていた。残しても反発してくるだろうから、禍根《かこん》を断つためとのこと。ついに、ライク家の対立は取り返しのつかないところまで来てしまったようだ。

三人でお茶を味わってると――

「ユウキ様、大変でございます！」

冒険者が慌てて部屋に入ってきた。

「どうしたの？」

「分家と農夫たちが反乱を起こしました。敵襲はこの本屋敷のすぐ側まで来ております」

「分かった」

こうなっては話し合いなど無意味だ。武力で解決するしかないだろう。

僕は魔法のバッグから武器を取り出して、シュニーらと一緒に外に出た。

「ライク家本家は現実が見えていない！　我ら分家こそがこの土地を治めるにふさわしいのだ‼」

遠くほうで分家の男が叫んでいた。それに追従《ついじゅう》する人たちが数人ほどおり……ざっと五十人ほどか。

僕はシュニーに告げる。

「シュニーさん、分かっていることだけど……」

「ええ。よろしくお願いします」

反乱を起こされた際、どのように対処するのかは事前に決めてあった。人殺しは本意ではないが、こうなってしまった以上殺《や》るしかないのだ。

シュニーが分家の男たちに向かって叫ぶ。

「最後通告いたします。死にたくないのなら、この土地から出ていきなさい」

「ふざけるな！　我々が貧しいのはすべて本家のせいだ！　お前らこそ消えろ」

シュニーの言葉を無視して男たちは進軍してくる。僕は急いでシュニーとアリーナを屋敷に避難《ひなん》させ、一人で男たちと対峙《たいじ》した。

僕の手には、自分の身長よりも長く、成人男性の腕よりも太い鋼《はがね》の棒がある。僕は目の前の男たちにぼそりと言う。

「……死にたい人からかかってきて」

そして棒を一振り。

数人が怯えてあとずさった。

「ふ、ふん！　えらく立派な武器だな、しかしそんなにでかい物、自由に振るえるわけが……」

「お前から死ね」

僕は、そいつとその周りにいた四人をまとめて横薙《よこな》ぎに払った。

数メートル吹き飛ぶ男たち。

「「「ヒ！　ヒィッ‼」」」

周囲から恐怖の声が上がる。

吹き飛んだ五人は、胴体が真横に折れ曲《ま》がっていた。

「「「あ、あわわわわ‼」」」

ありえない方向に体が折れ曲がった人間を見て、すでに分家の男たちは戦意を失っている。もうこれで戦う意味はないだろう。

だが、一人の男が声を上げる。

「ひ、怯むな！　相手は強かろうとたった一人だけ。囲んでしまえば勝てるぞ‼」

分家の男たちはそれで勢いづき、武器を構えて僕を囲み出した。

ただし腰が引けており、戦闘慣れしていない。

そんな及《およ》び腰で殺し合いする気なのか？

こいつらは人間を殺す覚悟もできていなければ、自分が殺されるかもしれないという想像力もないのだろう。

けれど、武器を向けたからにはもうあと戻りできない。

僕はそっと呟く。

「次は誰が死にたい？」

それから僕は、数人まとめて吹き飛ばしていった。一人ずつというのは効率的ではないので、数人まとめて倒していく。こういう効率はあまり考えたくないが。

しばらくそんなふうに戦っていると、敵の数が確実に減っていった。そうして残り十五人くらいというところで——

「お、お願いだ！　い、いいい、命ばかりは‼」

今さら命乞《いのちご》いする者が出てきた。それに対する僕の返事は——

バシィン！　ビシァァツ！

そいつに向かって武器を振るった。

頭がザクロの実のように開き、そこら中にいろんな物が飛び跳《は》ね、地面が赤く染《そ》まっている。

残った者たちがひたすら土下座してきた。逃げ出そうとする者もいる。腰が抜けてまともに動くことができない者もいた。

だが、僕は敵全員を殺していった。

一時間ほどで五十人全員が冥府《めいふ》への旅に向かうことになった。

×　×　×

屋敷のドアをノックする。

「終わったよ」

そう告げると、シュニーとアリーナが出てきた。

「うっ……」

「これは……」

外に広がる凄惨《せいさん》な光景に、二人は言葉を失っていた。

使用人の数人は胃の中の物を吐き出す。

彼女たちの視界に映っているのは、体がありえない方向に曲がり、頭が原形を留《とど》めないほどに吹き飛んでいる死体の山。

これでも結構まともに扱った部類だ。

昔戦場を渡り歩いたときは、もっと手荒に殺していたのだから。

「ユウキ……様、その……」

シュニーの質問を先読みして答える。

「全員殺した」

「そ、そんな……」

シュニーは、何て残酷《ざんこく》なことを……と言いたいのだろう。

だが、僕はシュニーに向かってあえて厳しく言う。

「あのね、シュニーさん。こいつらを生かして帰せば、さらなる軍勢を呼び寄せるだろう。敵は倒せるときに倒すのが最良なんだ」

僕は二人に、まだ世襲貴族という敵がいることをはっきり認識させる。密偵の報告では、その兵は八百。シェリーが連れてくる冒険者をはるかに超える軍勢だ。

「「…………」」

返事はない。

こうでもしなければ、ここにいる者たちは殺されることになる。すでにその段階に来てしまったのだ。

「そう……ですよね。そう考えなければいけないんですよね」

何とか理解してもらえたようだ。

そこへ、水車の警備を命じていたガオムら冒険者らがやって来た。反乱の知らせを受けて援軍として来たのだろう。

「ユウキ様、ご無事でございますか！」

「ご苦労様。もう不穏分子《ふおんぶんし》の始末は終わったから」

周囲に転がる分家の男や農夫らの死体を指差す。それから僕は、ガオムたちに命令する。

「あと片づけするよ」

「「「は、ははっ！」」」

五十人分の死体のあと始末を始める。

死体は放置しておくと腐乱《ふらん》し、病気の原因になる。火葬したいところだが、こちらの世界で火葬は高貴《こうき》な人物だけしかできないことになっていた。

馬車を引っ張り出し、遺体《いたい》をそこに積み上げていく。

「よいしょっ」

「…………」

その間、シュニーたち本家の者たちは、馬車に積み上がる死体をじっと見ていた。

反目していたとはいえ、少し前まで同じ土地で暮らしていたのだ。何か思うところがあるのだろう。

僕も好き好んで殺したわけじゃない。和解しようとすればできた時期もあったはずだが、それはもう過ぎていた……その結果は最悪になった。残念ながらここまで来ては、殺すしかなかった。

遺体を馬車に積み終わり、ガオムらに処理を任せる。

僕は僕でやらないといけないことがある。僕はシュニーに話しかける。

「攻《せ》めてきたのは分家とそれに従う農夫だけだったね。もしかしたら、世襲貴族と話が合わず仲違《なかたが》いしたのかな」

「どうなんでしょう」

シュニーたち本家の人間を集めて、今後について伝える。

「あっちがどうなっているか分からないけど、上手く連携《れんけい》を取れていないのは確かなようだ。いずれにせよ、この土地に攻めてくるのは間違いない。急いで防衛の準備を始めるよ」

「は、はいっ」

本家とそれに従う農夫らとともに、守りを固める準備を整える。

相手は約八百人。それに対してこちらの人数はその半数もいない。農夫たちは戦闘訓練さえしたことないし、装備だって貧弱《ひんじゃく》だ。シェリーが連れてきてくれる冒険者は、百人ほどしか見込めないだろう。

この状況では仕方がないか……

僕は、とある武器を使うことにした。

僕は勇者のパーティにいた際、いくつかの貴族家に貸しを作っており、そのお返しにちょっと物騒な武器をいただいたのだ。

こちらの世界には現代兵器はないが、魔術によりそれに似た物があったりする。それを今回使うことにした。

殺傷《さっしょう》能力が高すぎて、使いどころが難しいんだけど。

その武器は至宝《しほう》といえる代物で、尋常《じんじょう》ではない殺傷能力を持っていた。貴族家も入手したは良かったが、扱える者がおらず持て余していたという。

あまり武器に頼りすぎるのも良くないが、相手は大軍である。今回くらい問題はないだろう。

僕は、陣地《じんち》構築の命令を出しておいた。

進路を妨害《ぼうがい》するために簡易的に柵《さく》を設けて、馬車などで防衛線を確保するという簡単なものだが——

しばらくすると集団が近づいてくるのが見えた。

物見役の農民が尋ねてくる。

「あれは敵か?」

「外見からすると、援軍の冒険者みたいだね」

警戒《けいかい》状態で待機しておいてと伝えておく。

やがて、その集団と合流を果たした。

「シェリー!」

「お姉様!」

先頭にいたのはシェリーだった。無事に冒険者を連れてこられたようだ。シェリーにこれまでの状況を伝える。

「そうですか……分家が……」

悲しい顔をするシェリー。

話し合いの余地はあったが、それよりも先に武器を抜いたので殺さざるをえなかったのだ。

「なぜ、こんなことに……」

和解できたのでは?

そう言いたげなシェリーにシュニーが告げる。

「シェリー。そのことはもう考えてはなりません。ユウキ様がいなければ、逆に私たちが死んでいたのです。それよりも今は貴族の軍勢にどのように対処するのかを考えましょう」

「そう、ですね。過去は過去、今は今、ですね」

何とか吹っ切れたようだ。

シェリーが困惑げに言う。

「ですが、相手は八百人も用意してきたのですか？　これではまるで……侵略《しんりゃく》してくるとしか思えません」

冒険者ギルドと交わしているはずの軍事協定を破っている。

それは間違いない。

こんな人数を動かせば、装備や食料など相当な金がかかるし、集めるのにも時間がかかる。まるで以前から準備していたかのよう……

そう考えたであろうシェリーと同じように僕も感じていた。まぁ、今さらそのことを考えても、敵が迫っていることは事実だ。

きっと壮絶《そうぜつ》な戦いになるだろう。

第五章　戦争勃発《ぼっぱつ》

そして数日後。

「我らはビーク男爵家を盟主《めいしゅ》とする連合軍だ！　ライク家に命ずる。即刻《そっこく》この土地を明け渡せ。さもなくば武力権を行使する‼」

貴族家側の使者がやって来て、問答無用《もんどうむよう》で自分らの主張を押しつけてきた。

僕はもはや血を流さずには事が収まらないことを確信した。

シュニーが反論する。

「貴様ら貴族は、我らの身内に甘言《かんげん》を吹き込んで、殺し合わせただけではなく、土地まで奪おうと言うのか！　お前らなどに屈《くっ》したりはしません。警告します！　我らの土地から出ていきなさい‼」

すると、その使者は腰の剣を抜いて高々と掲げた。

それが合図となり、後方から土煙《つちけむり》が上がる。

ここに戦争は始まった。

世襲貴族側は、一方的にライク家に対して土地を明け渡せと要求してきた。あたかも正当な権利を主張するかのように。

それは絶対に受け入れられない。

剣を高々と掲げながら通告してきた使者は帰ろうとする。

あえて帰らせるようにした僕に、ガオムが尋ねる。

「ユウキ様。相手が宣戦布告してきたのですよ。なぜ使者をそのまま帰らせるのですか?」

もはや戦争状態に突入したので、使者を帰す意味はないだろうと。

「まぁ、見ててよ」

僕はそう言うと、相手側とこちら側の真ん中辺りまで使者行ったことを確認して——魔法のバッグから、非常に大きな弓を取り出した。

「『風麗《ふうれい》の大弓《おおゆみ》』よ。我に仇《あだ》なす敵を討《う》たせたまえ」

恩を売った貴族家から譲り渡された、風の加護《かご》を得た大弓。

通常の弓では百メートルが限界だが、この大弓ならば、その五倍の距離《きょり》まで威力《いりょく》が落ちることはない。矢は太く、長く、鏃《やじり》は金でできている。

その矢を引き絞る。

ビシュ〜ン!

金切り音を立てて矢が飛んでいく。

そして、先の使者に当たった。

「オオッ!」

「この距離から当てるなど神業《かみわざ》だ‼」

一気に味方の士気が上がる。

この大弓だと届くというだけで、当てるのは非常に難しい。僕はいけるが、他の人ではまともに引くことすらできないだろう。

「我らには稀代《きだい》の猛将《もうしょう》が味方しておるぞ‼」

声高《こわだか》に「ユウキ! ユウキ! ユウキ!」と歓声を上げ始める冒険者たち。これで大軍相手に怯えるという恐怖は取り除けた。

「各自、弓を構えろ、迎撃《げいげき》用意!」

そして僕は引き続き、大弓で攻撃を加える。

なお、僕は相手を皆殺しにしようとは考えていない。

僕の目的は相手に恐怖を伝染させて、降伏《こうふく》させること。

だが相手だって、ここまで来て何もせずに帰れば軍事費用が無駄になる。多少の犠牲《ぎせい》はやむなしとして攻めてくるだろうが、できる限り捕虜《ほりょ》として捕《と》らえたい。

何度となく弓を放つが、相手は近づいてくる。少しばかり死人が出ようとも止まることがない。ついに視認《しにん》できる範囲まで近づいてきた。

僕はここで大弓をしまい、別の武器を取り出す。

「『断頭台《だんとうだい》の狂戦士《きょうせんし》』」

それは、斧頭の幅一メートル、柄の長さ二メートルの長大な戦斧《せんぷ》だった。

名前の通り、これを装備すると戦闘意識しか持てなくなり、敵を殺すだけの狂戦士となる魔術の武器。強い肉体と精神を持っていなければまともに使えないのだが。

僕は、そんな馬鹿げた武器を取り出して——

「ユウキ様？　いったい何を⁉」

「敵軍に切り込んでくる」

敵目掛けて突進した。

相手は単騎で突撃してくる僕を見て、弓を構えて撃つ。

だが、僕の移動速度が疾風《しっぷう》のごとく速くて、矢が当たることはない。敵は防御陣形を取って盾を構えようとするが——

「うりゃぁー‼」

盾で防御するよりも早く、僕の斧が敵陣を切り裂く。

横薙ぎの一閃《いっせん》は、人を紙のように切り裂いた。胴体から上下が分かれる人々。血しぶきが周囲に飛び、頭から血を浴《あ》びる兵士たち。

僕は、金剛力士《こんごうりきし》のように地面を踏み鳴らし威嚇する。

「死にたい奴から前に出てこい‼」

数人がうろたえるが、指揮官らしき男が命令する。

「何をしておる！　相手はたかが一人ではないか！　さっさと殺してしまえ‼」

そうか。まだ、そんなに自分らが正しい思っているのか。これは正義の執行《しっこう》であり、僕には罪はない。死んで悔《く》やんでもらおう。

僕は、当たるを幸いとばかりに武器を適当に振り回しまくる。技なんて必要ない。言うまでもなく防御も、回避《かいひ》も。適当に攻撃を繰り出しているだけで、死体の山が築かれていく。

それは、無慈悲《むじひ》な暴力。

あっという間に人が死んでいく。

僕の周囲に肉の塊と血の川が作られていたが、それすら気にかけることなく、僕は武器を振るい続ける。

「囲い込め！　槍衾《やりぶすま》で仕留《しと》めるのだ！」

ここで数任せでは負けると考えたのか、槍兵が僕の周囲に集まり出す。

そして――

「オラァ～！　死ねや‼」

一斉に槍を突き出してくる。

僕はそれを当たる直前で飛び越えて相手の背後に回り、攻撃を継続《けいぞく》する。

「なッ‼」

「死ね」

ザシャァァ～‼

横薙ぎに振るわれる戦斧。何かを切る音と、それから流れる音。そこから悲鳴のようなものが聞こえ続ける。

吹き飛んでいく元人間。

もはやそこにあるのは恐怖だけだった。

「ヒ、ヒィッ！　な、何だこの怪物は！」

「止まれ、止まるんだ！」

「死にたくない！　死にたくないよ！」

相手も、僕があまりにも強すぎることを理解しただろう。僕の圧倒的な残忍性《ざんにんせい》の前には、数など無意味なのだ。

怯えようが、震えようが、武器を向けてくるのならば容赦はしない。

僕は思考を停止していた。

「ころせ、コロセ、殺せ」

殺意だけが思考のすべてを埋め尽くす。

どれだけ殺したのか？

どれほど殺したのか？

それすら曖昧《あいまい》となって戦斧を振るい続ける。もはや何も聞いていないし、何も見えていない。聞こえているのは断末魔《だんまつま》。見えるのは血に染まった赤い世界だった。

×　×　×

「ユウキ様！　ユウキ様！　しっかりなさってください‼」

「うるさい！」

僕の名前を誰かが言った。羽虫のようにうるさいので殺そうとして――そこで意識がクリアになる。

「ガオム？」

「そ、そうです！」

どうやら味方が来たようだ。

よく見てみると、僕の戦斧がガオムの首スレスレまで来ていた。

「ご、ごめん。敵と間違えて殺そうとしていた」

「い、いえ。お気になさらず」

そうして周囲の惨状《さんじょう》を見る。

「うわぁ～」

僕の目の前に広がっていたのは、血まみれの死体の山。

どれくらい殺したのか覚えていなかった。

「あ～、何だ、その……」

この武器を使うと戦闘意識だけしか残らないと忠告されていたが、ここまで酷いとは……これは迂闊《うかつ》に使えないな。

「ところで、ガオムはどうしてここにいるの？」

「敵兵士に、ユウキ様を止めてほしい頼まれたんですよ。というのもですね……」

それからガオムは敵の様子を教えてくれた。

僕が戦斧を持ち出してから、その異常な暴走《ぼうそう》っぷりを見た敵兵士たちは必死に逃げ回っていたそうだ。

彼らは徴兵《ちょうへい》された領民に過ぎず、なぜ集められたのか聞かされていない者も多くいたらしい。突然、ライク家の土地に侵攻《しんこう》しろと伝えられ、訳も分からないまま従軍していたとのこと。

ガオムは縋りついてきた兵士から話を聞き、僕を止めてほしいと嘆願《たんがん》されたというわけだった。

確かに、かな〜りやりすぎた感がある。

僕は反省しつつガオムに尋ねる。

「……で、捕虜の数は？」

「三百人に足りないくらいですな」

全員恐怖に震えていて、まともに話せないとのこと。

つまり、僕一人で殺したのは五百人。

酷いなこりゃ。

「指揮官や貴族の子弟《してい》や家臣はどれぐらい生き残った？」

「両手で数えるほどです」

これは結構揉めそうだ。戦争では生死の扱いにいろいろと規定があり、貴族家の当主や跡取りを殺すと面倒なことになる。

改めて周囲を見てみるが、貴族など識別《しきべつ》不能なほどあちこちに死体が転がっており、血で濡れてない部分を探すのが困難だった。

ガオムが告げる。

「足の速い者に文書を持たせ、ギルドに行ってもらっております」

いずれにせよ、冒険者ギルドの判断を待たないといけないか。

大群を率《ひき》いて戦争を仕掛けてきた貴族側が悪いのは間違いないだろうが、僕が貴族を殺しすぎているのも事実。

いろいろ考えなきゃいけないことは多そうだが……今は生きて帰ってこられたことに安堵しよう。

「ユウキ様、おかえりなさいませ！」

ライク家の陣地に戻ると、熱烈《ねつれつ》な歓迎を受けたのだった。

×　×　×

俺は、貴族連合軍に参加している、名もなき兵士の一人だ。

我が主、ビーク男爵が主張したのは、豪農《ごうのう》ライク家の土地は自分たちの物であるということ。そうして軍勢を集め、八百人に達した。冒険者ギルドと結んでいる協定では、これほどの人数を動かすのは許されていないはずだ。

「あんな無能極まる農民どもに、豊かな土地を預けていることのほうが罪深い。我々貴族が管理するのがふさわしいのだ」

主はそう言っていた。

そうこうしているうちに、俺らはライク家に進軍することになった。

これが冒険者ギルドに伝われば、相当な罰が待っているだろう。他の貴族とて良い顔はしないはず。

だが、世襲貴族である我が主には金がない。土地も役職もない。生活費に困窮し、商人から借金していると噂が立っている。それで追い詰められて選んだのが、ライク家の土地を奪うことだったのだ。占領《せんりょう》してしまえば既成《きせい》事実を主張できる。

言うまでもなく正当性も大義名分もない。ただの侵略行為だ。

ライク家の土地の目前までやって来た。

「オーレン！」

「はっ！」

我が主が呼び寄せたのは、若い兵士オーレンだ。

使者として赴き、降伏を促せとのこと。

「相手側にはまともに戦える戦力などなかろう。威圧《いあつ》してすぐさま降伏させてこい」

「ははっ！」

オーレンは敵の前線に向かっていった。しばらくすると剣を高々と掲げる。戦争を始めるという合図だ。

全軍、進軍する。

ただしバラバラで統率《とうそつ》なんて取れちゃいない。あっちには経験豊富な冒険者もいるというのに。

こちらの軍は気楽な様子だ。


オーレンが帰ってくる途中で——


「……え⁉」

突然倒れてしまった。それに気を止めることなく、貴族連合軍の軍勢が進み続ける。

俺は慌ててオーレンのもとに駆け寄った。ゆっくりと抱き起こすと、その胸には矢が刺さっている。通常の矢よりも太く長い矢。

ライク家側の陣地からオーレンまでの距離は三百メートル超……この矢を射《い》った人物はよほどの実力者だろう。

そう考えた直後、何本もの矢が飛んでくる。

前方にいた兵士たちが次々に倒れていく。

射手は……一人か？

な、何なんだ。あんな異常な大弓は？

その人物が近づいてくる。巨大な弓を抱え、尋常ではない速度で。接近に気がついた指揮官が命令を出す。

「弓兵、矢を番《つが》えろ」

あんな速度で接近してくる敵に、矢が当たるはずもない。

貴族連合軍の軍勢が数百本の矢を放つが、やはり敵はすべてかわしてしまった。ついに敵と貴族連合軍が対面する。

盾兵が防御しようとするが、武器を巨大な戦斧に持ち替えた敵が、軽々しくそれを振るった。

ゴウゥン⁉　ギャャラララァァア～～～ン‼

ブシュゥー‼

金属を叩き折る音とともに、血しぶきが舞う。

金属の盾ごと人間を真《ま》っ二《ぷた》つに切り裂いたのだ。

……化け物か。

「死にたい奴から出てこい‼」

敵が吠《ほ》える。

怯む貴族連合軍。だが、後方から指揮官の声が上がる。

「相手はたった一人だ！　全員、武器を構えろ！　討ち取れ‼」

武器を構えて攻撃しようとする兵士たち。

そんな兵士たちに向けて、敵は無慈悲にも戦斧を振るう。

ゴウッ！　ガキィン！　バシャッ！　ズダァッ！

振るわれるごとに人間が輪切《わぎ》りになっていく。周囲は血で赤く染まっていた。

まさに地獄《じごく》だった。

反撃しようにも敵の攻撃は速すぎて見えない。ただの兵士にこんな化け物の相手など務まるはずがないだろう。

鮮血《せんけつ》が飛び、血が霧《きり》となり、肉塊が宙を舞う。

ゴロゴロと転がっていく死体。

化け物が、兵士の一人に向かって言う。

「逃亡か、降伏か、死か。選択肢は三つもあるぞ。好きなのを選べ」

感情のない目をしている。

あんな化け物を相手にして、生き残れるわけがない……

「さぁ、どうしたいか？　あいにくと返答を聞ける時間が限られているからな」

俺も恐怖に足がすくんで動けずにいたが、ふと我に返った。

俺はまだ生きているではないか。今逃げれば助かる可能性がある。すぐにでも逃げよう。

そう思って立ち去ろうとしたとき、罵声《ばせい》が聞こえてきた。

「ふ、ふざけるな！　我らは高潔な血筋の末裔《まつえい》だぞ‼　貴様のような野蛮人《やばんじん》に屈するなどありえない!!」

声の主は指揮官だ。

このような状況にもかかわらず、まだ現実が見えていないらしい。

というか、見ようとしないのだろう。

指揮官に強制されて兵士数名が化け物に向かっていくが、もはや戦になっていなかった。

ただの一方的な虐殺《ぎゃくさつ》である。

化け物が冷たく告げる。

「あの世で己の愚かさを悔やめ」

凶悪《きょうあく》な武器を振り回しながら、死体の山を築いていく。

指揮官が兵士たちを盾代わりにして、自らを守るようにするが、それもあっという間に蹴散らされてしまった。

最後には指揮官だけが残った。

なぜか丸裸だ。

「ヒ、ヒィィ!! た、たたた、頼む。い、命、命ばかりは!! 我らは貴族だ、何でもやる、やるから」

腰が抜けて、地べたに座り込む指揮官。

敵は何も聞いてなかったかのように、上段に武器を構えた。

そして、一気に振り下ろす。

ブンッ！　グシャッ！　ベキイッ‼

それが指揮官の末路《まつろ》だった。

「し、指揮官が殺されたぞ⁉」

貴族連合軍の統率が一気に乱れる。元より統率されていなかったが、皆、先を争うように逃亡し始めたのだ。

そこへ副指揮官が叫ぶ。

「静まれ静まれ！　まだ我々のほうが数が多いぞ！　相手は一人だ。囲い込んで殺してしまえ！　褒美《ほうび》は望むがままだ‼」

だが、兵士に戦意はなく恐怖に囚《とら》われており、その声に従う者はいない。

皆、口々に言う。

「も、もうだめだ！　逃げよう！」

「そ、そうだ。逃亡しよう！」

「ど、どこに逃げればいいんだ！」

すでに兵数は半分になり壊滅《かいめつ》状態だった。指揮官をはじめとする貴族たちは真っ先に殺されている。

先ほどの副指揮官もすでに命を落としていた。

多くの者がパニックに陥《おちい》る中、一人の兵士が叫ぶ。

「貴族は当てにならない。ライク家に助けを乞《こ》おう！」

「さっさと逃げよう！」


その後、数名の兵士と一緒に、俺はライク家の陣地に逃げ込んだ。

遠くでは化け物が暴《あば》れており、虐殺を続けている。

敵陣地にいた冒険者に命乞いをし、保護してもらう。

ようやく絶望《ぜつぼう》から救われた。

貴族連合軍は、冒険者ギルドとの協定を破りに破った挙げ句、多くの者が死んだ。だが、責任追及《ついきゅう》されるのは間違いなく貴族連合軍のほうだろう。

最悪、お家断絶《だんぜつ》させられるかもしれない。

敵に回した相手が最悪すぎたのだ。

×　×　×

僕、ユウキと冒険者らは、貴族連合軍の遺体の始末を行っている。通常であれば貴族の遺体は丁重《ていちょう》に扱うべきなのだが――

「こんな酷い状態の遺体を処理しろとか、今まで受けた依頼の中で最悪だわ」

見たくない、近づきたくない、触りたくない。

全員がそんなふうに愚痴っていた。

死体のほとんどは胴体を輪切りにされている。頭をグチャグチャに潰されているのも少なくない。内臓が飛び出し、汚物《おぶつ》が漏れ、異臭《いしゅう》を漂《ただよ》わせている死体もある。

その惨状を生み出した当人である僕だが、多少申し訳なさは感じるものの、特に思うようなことはない。

僕が徹底的に殺戮《さつりく》を行わなければ、この騒動は解決しなかったからだ。

それより今は、死体は病《やまい》を媒介《ばいかい》する危険があるので、迅速《じんそく》に対応しないといけない。

僕はライク家の農民や冒険者に指示を出す。

彼らは嫌気《いやけ》を見せたが、逆《さか》らわなかった。


遺体の処理を終えたところで声をかけられる。

ユーラベルクに送っていた冒険者が戻ってきたのだ。

「……出頭《しゅっとう》命令？」

「そうです」

僕の送った使者が報告すると、冒険者ギルドは騒然《そうぜん》となったという。

それで事実関係を確認することになり、ライク家当主代理であるシュニーと僕に出頭命令が出たというわけらしい。

何でも緊急《きんきゅう》裁判をするとのことだが……

「……この状況で、ですか？」

「この状況だからこそ、です」

僕が尋ねると、冒険者はそう言って頷いた。

「なお、リサギルド支部長は、ライク家やユウキをはじめとした冒険者が罪に問われないように最善を尽くす、と言っていました」

協定違反《いはん》を犯《おか》したのは相手のほう。とはいえ、貴族を殺した罪を完全には不問にはできないため、事情を確認したいらしい。

また今回の戦争を主導した五つの貴族家には寄り親となる貴族がおり、その貴族に出てこられると面倒なことになるため、形式的にでも裁判を執《と》り行いたいのだという。

僕とシュニーは急いでユーラベルクに向かうことにした。

すぐに裁判所へ連れてこられ、二人で裁判を受けることになった。

「これより裁判を始める」

裁判長の発言で始まった。

ライク家で起こっていた実家と分家の争いから、貴族が侵略に至る《いた》経緯《けいい》を確認していく。

今回の事件に対する客観的《きゃっかんてき》な見方としては、大軍を用意しライク家の土地の占領を狙った貴族側に罪がある、ということだった。一農家に過ぎないライク家では対処不可能であり、僕が虐殺に及んだのもやむをえないとのこと。

ちなみに、僕らには弁護人が付いている。冒険者ギルドお墨付《すみつ》きの腕利《うでき》きだ。それも複数付いてもらっている。

この場には、記憶を読み取ることができる、特別な術師がいた。彼らは僕とシュニーに近づくと、僕たちの記憶を読み取り、それを裁判長に口頭《こうとう》で伝えた。これで正式な記録となるらしく、書記官が書面に残している。

複数いる裁判官が話し合う。

「八百人対百人……この状況では、ユウキが貴族を惨殺したのもやむなしかと」

「勝負になる戦力差ではありません。こういう事態では敵を即座に殺さなければ自分が殺されるだけ。ユウキやシュニーの主張はあくまで正当なものです。事実確認もされています」

僕の記憶を読み取った術師が、僕が覚えていない戦場の様子まで解説してくれたようだ。

あのとき僕は貴族たちに警告し、降伏する余地も与えていたとのこと。それにもかかわらず、貴族連合軍は戦う意思を見せ続け、それだけでなく味方の兵士を盾にするなど醜《みにく》い振る舞いをしていたようだ。

裁判官を取りまとめる裁判長が告げる。

「貴族側の行動は協定違反であり、身勝手極まりない。ユウキたちに罪はないと判断します」

「「「異議なし！」」」

裁判官たちもこれに対していっさい疑問を唱《とな》えない。

それにしても、貴族側の関係者が一人もいないな。

当事者の一方しか参加していない異様な裁判だが、裁判自体は滞《とどこお》りなく進んでいった。

そうして二時間ほどで終わり、僕らはほぼ無罪となった。

執行猶予も付かない。

ただ、やむをえずとはいえ貴族を殺したので罰金を支払うことになった。これは形式だけなので大した額ではなかった。

「ユウキとシュニー、裁判お疲れ様です」

「「ギルド支部長！」」

裁判が終わってすぐに、リサが話しかけてきた。

シュニーと僕は裁判での違和感《いわかん》を伝える。

「ギルド支部長、あの程度の罰金でしかも罪が不問だなんて、ちょっと普通ではないと思うのですが……」

「裏があるんでしょ？」

「そうよ」

それからリサはギルドの考えを教えてくれた。

今回の騒動の原因は世襲貴族の暴走であり、ライク家はそれを撃退《げきたい》しただけ。虐殺しないと事態が収まらないことは間違いなく、重い罪に問えない。

というのは真実であるが、一応表向きの理由だ。

裏の理由は別にある。

ライク家は上等な麦粉をギルドに大量に納品することになっている。ということで、恩を売ってその権益《けんえき》に噛ませてもらったほうがギルドの利益になるのだ。この思惑にギルド幹部たちの意見が一致、しかも商人までもが免罪を求めたというわけである。

また、今回の騒動に携わった貴族家は、以前から金や役職をよこせとうるさい輩だったので、これを機に大人しくしてもらうようにするのだと。

とはいえ、貴族側だけに罰を与えるというのも良くないため、形だけの裁判を行い、僕らにも罰を受けてもらったとのことだった。

「ユウキの背後には、大貴族が複数いますからね」

僕と協力関係にある大貴族にも配慮《はいりょ》してくれたようだ。

あとで何を要求されるか分からないが……

「ともかく、今後ライク家はユウキと協力関係になるのでしょう」

リサがそう話すと、シュニーが僕に向かって言う。

「そうですね。妹のアリーナの嫁入りも承諾《しょうだく》してくれましたし、今さらそれをなしにはしませんよね？」

脅《おど》してきたね。

僕が笑ってごまかしていると、リサが告げる。

「さて、ユウキにはライク家から生産される麦粉を使って大儲けできる商売を考案してもらいましょうか」

これは間違いなく命令だな、うん。

ともかく、僕はようやく解放されたのだった。

×　×　×

「おかしい！　これは明らかにおかしいぞ！」

「そうだそうだ！」

「なぜあの家が潰されるのだ！」

ユウキたちと別れてから、私リサは、ユーラベルクのギルド本部に戻った。

受付に大勢の客が殺到しているのを見て、頭を抱える。

まぁ、いつか来ると予想はしていたけど、意外と早かったわね。ライク家と世襲貴族の戦争から、まだ数日しか経過していないのに。

……さて、お仕事をしましょうか。

以前から問題視されていた無職の世襲貴族どもへの鉄槌《てっつい》、それを振り下ろすときが来たのだ。

証拠は握っているし、この機を逃すつもりはない。今、釘《くぎ》を刺しておかないと難癖《なんくせ》をつけられてしまうからね。

それにしても、ユウキは本当によくやってくれたと思う。

書類の上では貴族を殺した罪人になっているが、冒険者ギルドとしては、いつか誰かが殺《や》ってくれないかと思っていたのだ。結果、汚名《おめい》を被せることになってしまったが、冒険者ギルドにとってユウキは罪人どころか英雄と言えた。

ちなみに、ユウキが貴族連合軍を壊滅させるに至った装備は——彼と深い関係のある大貴族家の所有物だった。

それが明らかになった裁判の際——

「その装備の存在は記録しないように！」

出席者以外に知られることがないよう、極秘《ごくひ》扱いとなった。

大貴族家から多大な援助を受けている冒険者ギルドにとって、その秘密に触れることは、何の利益ももたらさない。

そう、有耶無耶《うやむや》にしたほうが将来のためになるのだ。

このように、大貴族は冒険者ギルドとして気を使うべき存在だが——今となってはユウキも同様だった。

食用油、高品質の薬剤、その他もろもろの品、経営術、大貴族家との繋がり……そして、それらからもたらされる莫大なお金。

ライク家のことにしてもそうだ。長時間故障なく稼動する水車、ぜひとも欲しい技術である。

こうした利点があるからこそ、裁判ではユウキの罪の最小に留めた。

今後、ユウキはますます出世し、人に求められていくだろう。ユウキほどたくさんの者を養える者は少ないのだから。

まぁ、ユウキのことはあとで考えるとして……

今は、目の前にいるこいつらだ。

以前から面倒な存在だったが、どのような処分を言い渡すのか、今ここで考えなければならない。こういうトラブルに対処するのも、冒険者ギルドの仕事なのだから。

「おい、リサギルド支部長。これはいったいどういうことだ？」

「どういうこと、とは？」

世襲貴族の質問に質問で返すと、そいつは声を荒らげる。

「なぜ、ビーク男爵家をはじめとして五つもの貴族家の家臣、跡取り、さらには当主まで死んでいるのだ！」

「はぁ……そのことでしたら、ギルドが把握《はあく》している状況はこうです」

私は次のように答えた。

五家は以前から人の土地を奪うことを画策《かくさく》し、準備を整えていた。そうして有力な豪農から没落《ぼつらく》したライク家に目をつけ、分家を煽って内乱を起こさせた。その後タイミングを見計《みはか》らい、ギルドとの軍事協定を破って侵攻。

だが、なぜか貴族連合軍は壊滅してしまった。

「――以上でございます」

「以上でございます、だと？　ふざけるな！　そもそも貴族連合軍は八百……」

「八百人ほどでございましたね。一方ライク家の兵数は、せいぜい二百。それで勝ってしまったのですから奇跡《きせき》ですわ」

「こ……このアマ、がっ……」

「法を犯した者に、天が罰を与えてくださったのかもしれませんよ。信心は大切ですわ」

別に煙《けむ》に巻こうとしているわけではない。実際に、この世界にはいくつもの神々がおり、冒険者ギルドはそれらに満遍《まんべん》なくお布施《ふせ》を払ってきたのだから。

言うまでもないが、ユウキが貴族をほぼ皆殺しにしたことは伏せておいた。

やや話が脱線《だっせん》するが、そういえば、大暴れした際のユウキの記憶を見た術師は次のように言っていた。

「……半分くらいまともに思考しています。聞いた話では、あの装備を持った者は、目に映るすべてを皆殺しにしなければ収まらないと……」

自我を保っていること自体、異常なのだという。

過去にあの装備を手に入れた者は敵を皆殺しにしたあと、心と体が崩壊《ほうかい》して自滅死《じめつし》したと記録されていた。

術師はこうも言っていた。

「信じられません。外見は私たちと対して変わりないのに、異常な体と精神力です。まるで古《いにしえ》の巨人のようだ」

伝説では、ここよりはるか遠く、人のいない大地に住まう存在がいたという。

それが、神、竜、巨人、小人。

彼らが製作した不思議な装備は、現代の魔術の武具の原型となっている。

ただし、そうした魔術の武具は常人に使える代物ではない。強力な加護を得る代わりに、呪いのようなものがかけられるのだ。

それらを自在に扱えるのが——特化戦士である。特化戦士は希少《きしょう》な存在で、たった一人で千人の兵を倒したという逸話《いつわ》も伝わっている。

その特化戦士である、ユウキ。

彼ほどの強者は、冒険者ギルドでも数えるほどしかいない。それだけに、ユウキは貴重なのである——その存在を、こいつらごときに教える気などさらさらない。

世襲貴族の一人が顔を真っ赤《まっか》にして怒鳴《どな》る。

「何とか、言え……」

どうやら怒りでいっぱいらしい。

五つもの貴族家の軍勢が壊滅したのだ。当主、跡取り、家臣が亡くなっているので、各領地は大混乱必至《ひっし》である。

ここで、私は世襲貴族たちの顔を窺《うかが》った。

おそらくだが——相当貸しつけていたのだろう。

私の目の前にいる貴族たちは以前から、金のない世襲貴族相手に、金貸しの真似事をしていた。なお、金貸しは資格がなければやってはいけないため、闇営業となる。

当然、戦争に参加した五つの貴族家にも貸しつけていたに違いない。

当主や跡取り、家臣まで大量に死んでいる状態では、きっと回収できないだろう。

八百もの軍勢だったので、装備や物資などのためにかなりの額に膨《ふく》れ上がっていたはず。

それが回収不能となれば、彼らも生きてはいけまい。

貴族たちは、声を搾り出すようにして言う。

「このっ……農民上がりの娘がっ……」

「何と言いましたか？」

私のことを、農民上がりの娘と。

なるほど、出生としてはそうだ。だが、私はギルドに貢献して、今では準男爵位とギルド支部長の地位を手に入れている。

貴族という地位に甘んじて何もしてこなかった、目の前のこいつらとは違うのだ。


その後も世襲貴族の一方的な主張が続いた。彼らのわがままさに飽《あ》き飽きしつつも、私はさくさくとあしらっていく。

「五つの貴族家を滅《ほろ》ぼしておきながら、冒険者ギルドは静観《せいかん》するというのか！」

「貴族家が滅びたことに、冒険者ギルドは関係ありません。そもそも世襲貴族家が起こした問題は、国の管轄《かんかつ》でしょう。冒険者ギルドは関知しません」

「そ、それでは、破滅《はめつ》した貴族家の財産はどうなる！　我々がもらう権利もあるのだろうが！」

「は？　国が吸収するのが当然でしょう」

「い、いや。それらは我々がもらわなければ筋《すじ》が通らぬだろうが！　そうでなければ、我らの家とて傾いてしまうぞ！」

「筋とはどういうことでしょう？　お金がないなら、借りればいいのではありませんか」

やりとりが噛み合わない。

というのも、彼らは法に従わずに金を貸したという事実を隠しているからだ。それにもかかわらず、五家の財産は押さえたいというわけである。

そんな無理を、第三者の冒険者ギルドに納得させようとしているのだから、論理もめちゃくちゃになろう……

彼らからすると非常事態であり、貸しつけた金を回収しなければと必死になっているのだろうが、私に言われてもどうしようもない。

そもそも、ギルド支部長である私は、各方面から届く書類仕事で忙殺《ぼうさつ》されているのだ。こいつらに構っている暇《ひま》などないというのに……

予約なしで来ているこいつらに殺意が湧く。

仕事をしながら片手間に話を聞く。

「――おぃ、話を――聞いて――」

家の相続権とか、財産の分与とか、そういう話ばかりしている。

クソッ、こいつらの頭の中には金しかないのか。

別に金の話をするのが悪いわけではない。借りた金を返すのは当然だ。だが、こいつらには本当にそれしかなかった。

私はため息交じりに言う。

「……その点については、後日、返答いたしますので」

「貴様！　我ら貴族を侮っておるのか!!」

一人の男が腰の懐剣を抜こうとして、思い留まった。

私の背後にいた護衛に気づいたのだろう。

私一人では暴力を振るわれたら堪《たま》らないので、腕利きの護衛を側に置いていた。殺気《さっき》立った護衛たちは武器に手をかけている。

まぁ、私もそれなりに訓練しているから、そこらの相手には後《おく》れは取らない。頭が悪く、腕っぷしも弱い世襲貴族には負けるはずもない。

私の主張は一貫して、冒険者ギルドの関知する領域ではない、だ。

一方、貴族たちは主張をころころと変え、貴族家を殺した冒険者だけではなく、冒険者ギルドに賠償を求めると言ってきた。

これで話が進むほうがおかしいだろう。

まったくもって時間の無駄である。

とはいえ、そろそろ予定時刻だ。この話し合いを治めてくれるであろう、ある人物の来訪を、私は待っていた。

×　×　×

「失礼するよ」

予定より五分ほど早く、その人物は到着した。

「ジーグルト伯爵《はくしゃく》！」

彼は大物貴族、伯爵家当主ベルン・アデリー・フォン・ジーグルトだ。この辺り一帯の鉱山地帯を所有しており、国から伯爵位を授《さず》かっている。

私はメイドに言う。

「お茶を用意しなさい」

「はい」

彼の登場により、その場の空気が瞬時に変わった。

私は先ほどまで騒ぎ立てていた貴族たちを無視して、ジーグルト伯爵にライク家の騒動の顛末《てんまつ》について簡単に説明した。

「……ふむ、概要《がいよう》を聞いた限りでは冒険者側に何の咎《とが》もないな」

「「「は、伯爵!?」」」

世襲貴族たちが上《うわ》ずった声を上げる。

彼らは、ジーグルト伯爵が同じ世襲貴族なので、自分たちの味方をしてくれると思っていたのだろう。

だが、結果は逆だった。

冒険者ギルドは、依頼通り冒険者を派遣しただけ。それで罪に問えるわけもない。というか、少し常識がある者なら分かって当然なのだが。

世襲貴族の一人がジーグルト伯爵に泣きつく。

「こいつらは自分らの過失《かしつ》をまったく認めようとしな……」

言い終える前に、伯爵の眼光の鋭《するど》さに萎縮《いしゅく》してしまう。

本当に小物だ。

ジーグルト伯爵が告げる。

「お前たちの言い分は置いておくとして、そもそもの話に戻ろうかの。昔、冒険者ギルドと貴族間で決めた軍事協定では、よほど非常事態でなければ大軍を動かしてならないとしておる。さて、今回はどのような非常事態だったのかな?」

「そ……それは、その……」

貴族たちはうろたえるばかりで答えられない。

言うまでもないが、非常事態のはずがない。

世襲貴族の欲から出た、ライク家を乗っ取るための計略《けいりゃく》なのだ。

被害者はライク家であり、冒険者ギルドもそうだ。その証拠もたくさん握っている。世襲貴族が話し合いで勝てる見込みはない。

ジーグルト伯爵が淡々と告げる。

「また別の話になるが、戦争に参加した貴族家は借金をかなりしておるようじゃの。これは国に報告して、きちんと調査してもらう必要があるな。さて、どこからこれだけの金が出たのか……」

「「「……クッ」」」

世襲貴族たちは、心底嫌そうな顔をしている。

軍事費用の大部分は、ここに来ている貴族全員からだ。全貌《ぜんぼう》を暴《あば》かれると爵位を取り上げられてしまうから、無言でいるしかない。

私の腹の中で次のように思っていた。

お金貸してほしいなら、冒険者ギルドはお貸ししますよ？　その代わり無駄な散財《さんざい》はできないように制限させてもらいますが。今回のようなことが二度と起こらないよう、お財布はキッチリ管理させてください。そして納税義務も果たしましょう。間違っても脱税《だつぜい》しようとは考えないでくださいね。

奴らは歯軋《はぎし》りしながら出ていった。


「伯爵様、来ていただきありがとうございます」

「なぁに、リサの助けになれるのであれば、大した苦労ではないよ。むしろ私のほうが頼みがあって訪れたのだから」

実はジーグルト伯爵は、私をギルド長に推挙《すいきょ》してくれた恩人だ。ギルドの幼年組で見習いだった私に、いろいろな方面での援助してくれたのだ。今の地位はほとんどは、この人のあと押しがあればこそだ。

年は離れているが、私はジーグルト伯爵のことを二人目の父と勝手に思っている。

久しぶりに会うが、元気そうで何よりだ。

そう感じつつ私は、先ほどのライク家の騒動の説明で省《はぶ》いていた、ユウキがこのギルドにもたらした恩恵《おんけい》を伝えた。

このユウキの技術、知識、そうしたものについての情報共有が、ジーグルト伯爵に来てもらった目的だった。

「ほう……」

さっそく食いついた。

「なるほど、どれもこれもありそうでなかった技術や知識ばかりだな」

そうして話を進めると、ジーグルト伯爵は告げる。

「そのユウキと申す人物を試したい。すぐに連絡を取れるか？」

一応まだこの街にいるので、会おうと思えば会わせることができるが……

ジーグルト伯爵は打ち明けるように言う。

「事前に何となく伝えていたが、領地で問題が起こり始めておってな」

その問題の詳細について、ジーグルト伯爵は簡単に話してくれた。

「……鉱石の産出量の減少、ですか？」

「うむ。昔から鉱石を産出していた鉱山だったが、最近、その産出量が目に見えて落ちているのだ」

鉱石量が落ちているだけでなく、その質まで衰《おとろ》えを見せているらしい。

それで、新たな鉱脈の発見に力を注いでいるとのことだったが、熟練の鉱山関係者をしても見つけられないそうだ。

どこを探しても屑鉱石《くずこうせき》しか採れず、良質な鉱石を探すのが難しくなっている。

それなのに納める税金は徐々に値上がりしていくので、このままでは伯爵位を継げる跡取りがいなくなる方向にも話がいっているという。

「ユウキの才能が天下随一《ずいいち》であるのは認めておりますが……」

率直に言って、無理がある頼みだと感じた。

その地で鉱石が採れなくなったのなら、土地自体の問題だ。ユウキといえど解決しようがないのではないか。恩人の窮地《きゅうち》に手を貸してあげたいが……

「試しにでも良い。その才能の片鱗《へんりん》だけでも見せてほしいのだ」

今一番一族に欲しいのは、そうした可能性を見つけ出す努力を怠らない姿勢。結果を出せなくても不満はないとのこと。

ジーグルト伯爵は熱っぽくそう言うのだった。

私は、「仮に」と前置きして尋ねる。

「……鉱脈を見つけ出した場合は？」

これは、冒険者ギルドにとって賭けになるだろう。ユウキの身に何かあるということはないが、可能性の低い事業に投資するのだ。

「しかるべき報酬《ほうしゅう》は間違いなく支払う、そう約束する」

私は部屋を歩きながら考える。

ユウキに鉱石の知識があると聞いたことはなく、採掘《さいくつ》したという実績もない。

だがこれは、個人的にも、ギルドにとっても、そしてユウキにとっても悪い話ではないかもしれない。

ここでもしユウキが結果を出せば、今後ユウキの意見を誰もが聞き流せなくなる。爵位授与の話もよりスムーズに進むだろう。

何せ、伯爵に恩を売っているのだから。

ジーグルト伯爵は恩義を忘れない方だ。冒険者ギルドへの支援はもっと厚くなるだろう。

私は熟慮《じゅくりょ》の末、ジーグルト伯爵に告げる。

「……分かりました。しばらくお待ちください」

ユウキというサイコロがどのような目を出すのか。それはまだ分からないが、決して損はない話だ。

私は、さっそくユウキを呼び寄せることにした。

第六章　実力試し

「ユウキ様、リサ様がお呼びでございます」

「ん、何？」

僕、ユウキが冒険者ギルドの個室でくつろいでいると、突然呼び出された。何か褒美でもらえるのかな？

さっそく支部長の部屋まで行くと、リサと初老の男性がいた。

初老の男性が僕に手を差し出してきたので、僕はすぐさま姿勢を正《ただ》す。

「ご尊顔《そんがん》を拝謁《はいえつ》つかまつりありがたく存じます。私はここより遠い場所の生まれ、ユウキと申します」

この大げさな挨拶の言葉は、伯爵より上の爵位を有する者に対して使うものだったように思う……うろ覚えだが。

すると、男性は感心したような表情を見せる。

「ほう？　その礼を取るということは、私が何者か分かっているようだね。初対面のはずなのだが……」

男性がリサのほうを見ると、リサが答える。

「私は何も教えておりません」

「お若いのに、礼儀作法を熟知《じゅくち》しているとは珍しいな」

どうやらさっきので間違いなかったようだ。

男性が笑みを浮かべて告げる。

「初めまして。私はベルン。伯爵家当主ベルン・アデリー・フォン・ジーグルトだ。伯爵として国から領地を預かっている。しかし、どこで私がそれなりの身分の者だと分かったのか？」

彼は身なりこそきちんとはしていたが、伯爵と一目で分かるほど特別な物ではなかった。

ここで答えないと、機嫌を損《そこ》ねるだろうな。

「その、手袋です」

「ほう？」

クラシックな礼儀作法を守る者たちにとって、白は最上の色。身に着ける物の色を白にするのが、高位の嗜《たしな》みとされている。

だが、白だと汚れが目立つ。特に手袋は。

なので、白い手袋なのに汚れていないのを見て、かなり高位の爵位授与者であると考えたのだ。

僕がそのように説明すると、ジーグルト伯爵は深く唸った。

「今まで多くの大貴族と会ってきたが、その若さでそこまで礼儀作法を熟知している者は、君が初めてだよ」

伯爵か、緊張するな。

ジーグルトは一息つくと、本題に入る。

「さて、今冒険者ギルドで話題の君に、依頼をしたいのだが」

ここからは真面目にお仕事の話だ。

なお、意見や質問する際は通常で良いそうだ。

その後、ジーグルト伯爵から一通り説明を受けた。

「……なるほど。鉱山で採れる鉱石が減っていて、何とかしてほしいというわけですか」

「うむ、そうだ。我らも調査したり研究したりしたのだが、芳しい成果がない」

現地に行って見てみないことには判断不可能だが、何となくいけるような気がするな。

僕は、リサとジーグルト伯爵に告げる。

「ここでは回答は出せません。現地に赴き、確認次第仕事に入らせてもらう。それでよろしいでしょうか？」

「冒険者ギルドはそれで特に問題はありません」

「こちらとしても何の問題もない。さっそく君を領地に案内させてほしい」

そのまま、ジーグルト伯爵の領地へ赴くことになった。

僕は笑みを深める。

さて、溢れ返らんばかりのお宝発掘《はっくつ》の時間になるかもしれないぞ。願わくば、鉱山の状況が僕の予想通りでありますように。

×　×　×

「うわぁ～！」

見渡す限りに高い山が広がっている。この地が鉱山地帯として繁栄《はんえい》してきたのも納得だ。

ジーグルト伯爵が説明してくれる。

「昔はただ高い山々が連《つら》なっているだけで、領地としては何も発展していなかったのだが、祖先《そせん》が偶然、大規模な鉱脈を見つけてね」

それ以降、鉱石採掘事業を中核《ちゅうかく》とした領地ができたそうだ。豊かな鉱石を巡って争いが起きることも少なくなかったが、何とか領地を維持し続けてきたとのこと。

ジーグルト伯爵はどこか誇らしげに教えてくれた。

屋敷に向かう途中で、鉱石の採掘場所を見せてもらう。

その場で、そこにいた労働者に簡単なインタビューのようなことをする。僕の予想していた通りの状況だった。

「伯爵？　質問よろしいですか」

「何だね？」

「労働者は、屑鉱石しか出てこないと嘆《なげ》いています。しかし僕からすると、財宝がそこら中に捨ててあるようにしか思えないのですが……」

「何だと⁉」

「「「え⁉」」」

伯爵だけではなく、労働者からも驚きの声が上がる。

僕はまだ、自分の考えに絶対的な自信を持てていなかったので、それをまだ伝えることなく、ジーグルト伯爵と一緒に本屋敷まで向かった。

「「「お帰りなさいませ。当主様」」」

出迎えてくれたのはメイドで、え～と、二十人くらいいるな。さすが伯爵家ともなると家も大きいし立派だ。

僕はジーグルト伯爵にお願いする。

「すみませんが、採掘量を知りたいので帳簿を見せてください」

「分かった」

持ってこさせるそうなので、少しの間待つ。

「当主様、お呼びでしょうか？」

現れたのは、グラマラスダイナマイトボディの美女だった。

すごい体だなぁ。

「この娘はエーディンという。一族の娘だ」

「初めまして、ユウキです」

体を少し動かすだけで揺《ゆ》れる胸。

エーディンがジーグルト伯爵に尋ねる。

「当主様、こちらの男性はどなたなのでしょうか？」

「こちらはな……」

すると、ジーグルト伯爵はとんでもないことを言った。それに反応して、エーディンが驚きの声を上げる。

「……え、私の夫？　ですか？」

そう、ジーグルト伯爵は、僕をエーディンの未来の夫として紹介したのだ。

ジーグルト伯爵が答える。

「そうだ。今回の依頼を受けたのは彼だけだったのだ。つまり彼が結果を出せば、お前には嫁に行ってもらう」

「ほ、本当に一族をお救いくださると？」

エーディンに僕に尋ねてくる。

僕はぼそりと答える。

「……いや、現時点ですでに解決してるとも言えるのだけど」

「だけども、爵位が……」

なるほど、釣り合わないか。

エーディンは爵位の差を気にしているらしい。

確かに、貴族が結婚する場合、爵位に差があるのは好ましくないとされている。僕にそれなりの爵位が授与されれば解決するのだが……そういえば以前授爵《じゅしゃく》の話があったが、あれはいったいどうなったんだっけな。

「安心しろ。君はすでに大貴族からの援助も受けているし、結果も出している。手続きはすぐにでもされるだろう」

「わ、分かりました！　こんな体ですが、よろしくお願いいたします！」

胸を揺らしながら頭を下げてくるエーディン。

こんな豊満なボディの美女を嫁にとか……贅沢すぎて怒られそうだ。

その後、エーディンが持ってきてくれた帳簿を確認する。

パラパラと読み進める。

「なるほど、最盛期《さいせいき》は二十年ほど前ですか」

「……それで、ユウキ殿。どれほどの成果が見込めるのだろうか？」

ジーグルト伯爵がせっかちにも尋ねてくる。ここでごまかすのはよろしくないので、直球でいくことにした。

「最盛期の利益の三倍まで引き上げましょう」

「「さ、三倍⁉」」

二人して驚いていた。

僕は二人を落ち着かせつつ言う。

「ジーグルト伯爵、少しばかり説明しますね。利益を三倍にすると明言しましたが、採掘量を三倍にするわけではありません」

「どう違うのだ？」

「採掘量はそのままに、利益を三倍にするんです」

それから僕は、考えついていたアイデアを二人に話した。

エーディンが感心したように言う。

「……なるほど。鉱脈発掘業ではなく、取引額の高い鉱石精錬《せいれん》業に注力すべきだ。そう言われるのですね」

「屑鉱石は至るところにあります。これをしかるべき手順で精錬すれば、利益を三倍に引き上げられるんです。これでよろしければ、すぐにでも仕事にかからせてもらいます」

二人は唖然としつつ口にする。

「そ、それだけの利益を上げられるのならば何の不満もない。人材も施設も好きなように使って構わない」

「この最盛期の利益が三倍に……」

だが、問題点もある。

一つ目は、設備投資。精錬をするにあたり、大規模な投資が必要となるだろう。

二つ目は、鉱毒の問題。精錬すれば環境《かんきょう》を汚染《おせん》する物質を出すから、周囲にそれが漏れないように配慮する必要がある。

三つ目は、納税。ある意味これが一番厄介《やっかい》な問題だ。利益をいきなり三倍にもすれば周囲からは間違いなく妬《ねた》まれる。

ただでさえ伯爵という地位はそれだけ敵を作りやすいのだ。納税額を一気に引き上げられる恐れがある。

「主な問題点はこの三つですね。これをそちらで解決できなければ、限定的に生産してごまかすことになります」

「どれもこれも面倒な問題ばかりだ。だが、このままでは伯爵家は数代先で消えてなくなる。ここに至ってはやむをえぬな。大貴族になれば、周囲の妬み嫉《そね》みは日常茶飯事《にちじょうさはんじ》。先ほどまで握手してきた味方が刃を向けることもある」

ジーグルト伯爵は受け入れてくれた。

これら問題の解決には、冒険者ギルドの協力も必要だ。

僕は、そのことを二人に伝えておいた。

×　×　×

すぐさま工事に入る。

一応、小規模ながら稼動してる製錬施設があったので、そこで試してみる。

周囲から屑鉱石を集めて、ジーグルト伯爵、エーディンの他、たくさんの鉱山労働者と一緒に作業する。

「ユウキ殿、この池は何なのだ？」

さて、説明しておこう。

僕は、古来の灰吹法《はいふきほう》を行うことにしたのだ。灰吹法に必要な鉛《なまり》も灰もここでは大量に採れるので、都合が良い。

工程は次の通り。

屑鉱石を炉《ろ》で溶かし隣の池に注ぐ。池には溶かした鉛を注いである。ここでいったん時間を置いて、鉛と金属を結合させる。

それを、灰を入れた湯に入れると――

「うっし！」

鉛だけが消えて、金属が大量に出てくる。

金、銀、ミスリルといった金属が、池の中から塊となって現れていた。

それを見た労働者たちが驚きの声を上げる。

「おおっ！」

「屑鉱石が、金や銀やミスリルに変化したぞ‼」

「信じられない！」

大量に出てきた希少な金属に、喜びの声を上げる一同。

僕はみんなに告げる。

「言った通りでしょう。ここにはまだまだ金属が唸るほど埋まっています。この事業を定着させれば、すぐでも利益が上がるはずです」

「ユウキ様！　誠に、誠にありがとうございます‼」

エーディンが抱き着いてくる。こんな美女に抱き着かれて男としては嬉しいが――

「あのさ、場所を考えて、ほしいな？」

「あ、あら、やだ。恥ずかしい」

赤面するエーディン。周囲からは「羨ましいぞ！」という声が上がった。

僕はジーグルト伯爵に言う。

「ジーグルト伯爵、これで僕は結果を出しました」

「うむ。では、孫娘をもら……」

「次の仕事にかからせてもらいます」

「「「つ、次⁉」」」

僕の言葉に、皆、困惑しているらしい。

次の仕事は、そう、新しい鉱脈の発見だ！

その後、財宝がそこら中にあることが分かったジーグルト伯爵は、鉱石精錬業を本格化させることを決定。すぐさま精錬施設の建設、技術者らの雇用を始めた。

幸い冒険者ギルドには、鉱山労働者が豊富にいた。各地の鉱山が閉鎖《へいさ》されていたので、働き先をなくした工夫がいたのだ。

×　×　×

「この辺りはどうでしょうか？」

「ふむぅ」

僕は、たくさんの専門家とともに領内を歩いていた。

連れているのは、ジーグルト伯爵家お抱えの測量士たち。

鉱石の精錬を定着させれば、領の利益は三倍を超えるのは間違いない。だが、地下資源は無限にあるわけではない。枯渇《こかつ》する前に、次の鉱山候補を見つけ出しておく必要があるのだ。そんなわけで、僕は鉱脈探索《たんさく》を続けていた。

僕は、長いひもの先に透明《とうめい》な水晶を付けた道具で調査をしている。いわゆる、ダウジングというやつである。

「ここはだめだな」

少し移動しては、それを繰り返す。

この作業だけで数日が過ぎ去ってしまった。

ある日、いつものようにダウジングをしていると、ひも先の水晶がクルクルと回り出した。

「ここだ！　掘ってみて」

連れてきている男たちに、その場所を掘らせる。

しっかり二メートルほど掘ると、鉱石の塊がいくつも出てきた。

「結構掘ったけど、このくらいでこれだけ出るってことは、さらに地下にはまだまだ眠っている可能性が高いね」

「そうですな。いやはや、まさかこんなところで鉱石が見つかるとは……」

そこは少しなだらかな丘だった。

この異世界では、高い山ほど鉱石が掘れると思われていた。

しかし、僕が調べたところによると、実際には山ではなくちょっとした丘や平地に鉱脈があることが多いのだ。

「地図にマークを入れておいて」

ちなみに、今は採掘はしない。

いきなり開発すると、作業が多すぎて伯爵家の人たちも大変だからだ。一通り調査して資金の余裕ができたら、開発に着手するということで良いだろう。

その後も僕は、ダウジングによる鉱脈調査を続けた。

「ジーグルト伯爵、これが調査結果です」

約一ヶ月かけて領内をすべて歩き回った。報告書にまとめてジーグルト伯爵に確認してもらうことにする。

報告書を丹念に見たあとで、ジーグルト伯爵が尋ねてくる。

「ユウキ殿、率直な疑問なのだが、新たな鉱山の候補がどうしてなだらかな丘や平地ばかりなのだろうか？」

そこで僕は、鉱石がどのように作られていくかの話をする。

地球での知識をもとに話しているので、この世界に当てはまるか分からないが、長い年月をかけて鉱石は作られること、大地は動くため山地に限らず平地でも鉱石が採れることを伝えた。

ジーグルト伯爵は不思議そうな顔をしていた。

「ユウキ殿はまるでここことは違う世界を見てきたようだな」

まぁ、実際にそうですからね。

領内に大量の鉱山候補があったことが分かり、ジーグルト伯爵は喜んでいた。

とはいえ、これの開発はあと回し。

今はまだ既存の鉱脈で採掘し、精錬施設で金属の生産に注力すべきだろう。とりあえず利益三倍が最初の目標だ。

×　×　×

炉から取り出されたドロドロの原鉱を鉛の湯の中に入れ、鉛と結合させる。それをさらって灰の湯に入れると鉛が分離し、金、銀、ミスリルといった金属に分解されていく。

僕は、労働者がやっているその作業を見て、教えた仕事の流れがきちんと伝わっていることを確認した。

「頑張っているみたいだね」

「ユウキ様！　良くぞいらしてくれました」

工房の管理を任せている労働者が頭を下げてくる。

「生産高はどれくらいになった？」

「現在の生産量は金二百八十キロ、銀六百七十キロ、ミスリル百二十キロですね。炉がもっと大きければ、生産量は格段に上がるのですが……」

やはり試験的に製作した炉では、生産量に限界があるか。

でもこればかりはどうしようもない。

「一応、ジーグルト伯爵が冒険者ギルドに応援を頼んでいるみたいだから、もうしばらくはここだけで我慢《がまん》して。今は苦労するだろうけど耐えてほしい」

「我ら職人一同、努力いたします」

大規模な精錬施設ができるまでは現状維持をするしかない。幸い、精錬で生み出した金属は価値があるので、今の生産量でも相当な金額になる。

僕はジーグルト伯爵に報告に行くことにした。


「……あの小さな精錬施設では、これ以上の生産は難しいでしょう。精錬の際に生み出してしまう毒素の問題もありますし」

そのため、もっと大規模な施設を建設する必要性がある。鉱石は領地の中で桁外《けたはず》れに眠っているのだから――

暗《あん》にそう伝えると、ジーグルト伯爵は申し訳なさそうに言う。

「冒険者ギルドに応援を出しているものの、どうも動きが遅いようでな。本来ならば他の貴族と手を組みたいのだが……」

やはり伯爵という地位は、貴族との付き合いが多いらしい。冒険者ギルドではなく、よその貴族家を頼りたいようだったが――

「伯爵、それは少し難しいと思います」

「……分かっておるよ」

正直、周辺貴族との関係は良好とは言いがたかった。

鉱山地帯を独占しているジーグルト伯爵家は、妬みの対象となっているのだ。

過去の当主交代の際には、必ず紛争《ふんそう》を仕掛けられている。

ジーグルト伯爵は周辺貴族との関係構築に腐心《ふしん》し、現在の平穏《へいおん》な状況を作ってきたのだが……それもいつ崩れるか分からない。


「父上、お呼びでしょうか」

ドアのほうから声が聞こえる。

コンコンとノックされ、一人の男性が入室してくる。

「紹介しよう。私の嫡男《ちゃくなん》で跡取りのアルベルトだ」

「初めまして、ユウキ様」

爽《さわ》やかなイケメンだった。

物腰が柔らかく、どこか気品がある。

「ユウキと申します。その……様付けはやめてもらえませんか？」

伯爵家の跡取りから様付けされると誤解《ごかい》を生みそうなので、申し訳ないけれど、そうお願いしておく。

「では、ユウキとお呼びします」

「それで頼みます」

その後アルベルトを交えて、今後の方針を話し合うことになった。

ジーグルト伯爵がアルベルトに、これまでの経緯を踏まえて説明する。

「ユウキ殿のもたらしてくれた新技術と知識により、今まで屑鉱石と見なしていた物が、貴重な金属を生む宝となった。これから我が領は鉱石精錬業に注力し、新たな領地経営をしていくことになる」

「それはとても喜ばしいことですね、屑鉱石は掃いて捨てるほど産出しているのですから。屑鉱石が価値の高い金や銀やミスリルになるというのなら、最盛期の利益を超えることも十分あると思います」

「うむ。まずは大規模な精錬施設の建設が最優先だ」

「なるほど。ところで、新しい鉱石の採掘についてはどのように？」

アルベルトのその質問については、僕が対応済みだ。

僕はさっそく地図や資料を取り出すと、二人の前に広げる。一月《ひとつき》もかけて領地内を歩き回って調査したので間違いない。

「地図上に書いてある印《しるし》が、鉱石が眠っている場所です」

「すごく多いですね！　まだまだこんなにも未発見の場所があったなんて」

アルベルトはとても驚いていた。

しばらくして何かに気づいたのか、彼は疑問を口にする。

「地図を見る限りでは、ここは平地や丘のはずですが……」

「ユウキ殿の説明では、山だけが鉱石の採掘できる場所ではないそうだ。すでに調査隊を派遣して確認も取らせた」

答えたのは、ジーグルト伯爵である。

なお、この領全体での埋蔵量《まいぞうりょう》は不明だが、時間をかけて調査すれば大体の採掘量は計算できるだろう。

僕は二人に告げる。

「現時点では大量に余っている鉱石がありますので、鉱山開発はあと回しにしたほうがいいでしょう」

というより、伯爵家の帳簿を見たが、そこまでの資金と人手を出せる余裕はなかった。下手に開発して人手とお金を取られるよりは、今の鉱山から産出される鉱石で稼いだほうが良いのだ。

二人は僕の意見に賛同してくれた。

安心したように笑みを浮かべるジーグルト伯爵の顔を見つつ、これにて役目は終わりかな、と考えた僕はこの場を去ろうとする。

「僕の仕事は終わりましたので……」

すると、ジーグルト伯爵、アルベルトが揃って頭を下げてくる。

「ユウキ殿、この度は助力いただき、本当に感謝している。この借りは必ずや返そう」

「エーディンをよろしくお願いします」

それでお別れとなるはずだったが――

「当主様、アルベルト様、大変でございます！」

メイドが大急ぎで部屋に入ってきた。

ジーグルト伯爵が問う。

「何事だ！　どうしたのだ！」

息を切らせたメイドを落ち着かせてから話を聞く。

「……ア、アウドース男爵を筆頭に、数人の貴族家がやって来ました」

大至急、当主に会わせろと騒いでいるらしい。

また貴族家か……

本当にこの世界にはこういうイザコザが多いな。

×　×　×

私の名前はベルン、伯爵家当主ベルン・アデリー・フォン・ジーグルトだ。

一応、この辺りでは大物とされている貴族をしている。

領の主な産業は、鉱石の産出。

何しろ高い山々に囲まれた盆地のような領地だからな。

代々鉱山開発一本でやってきたが、近年鉱山資源の産出に陰りが見えてきて、屑鉱石と呼ばれる物ばかりが出てくるようになった。

この問題を解決するため、私は冒険者ギルド、ユーラベルクの支部長、リサにお願いして問題を解決できる人材を求めた。

紹介されたのは、ユウキという黒髪黒瞳の若者。年は二十にも達しておらず、私の孫に近い年齢だった。

だが、彼を見た瞬間、雷に打たれたような衝撃《しょうげき》を覚えた。

私と彼は初対面だったのだが、ユウキは私の手を見るやいなや、上位者に対する完璧《かんぺき》な挨拶を行ったのだ。

その作法に間違っている点は見つからない。ここまで丁寧な挨拶は、公《おおやけ》の場でもやらないだろう。

これは……想像以上の大物かもしれぬな。

さっそく私は、我が領地で起こっている問題をユウキに伝えた。

「……なるほど。鉱山で採れる鉱石が減っていて、何とかしてほしいというわけですか」

物分かりが良い青年だ。

そうして彼の返答は――

「ここでは回答を出せません。現地に赴き、確認次第仕事に入らせてもらう。それでよろしいでしょうか？」

我が領の鉱山関係者、重臣では何一つ解決策が出なかったのに、彼はすでに答えを見出《みいだ》しているかのような雰囲気を醸《かも》していた。

馬車で彼を、私の領地に連れていく。


「ほわぁ～！」

高い山々を見てご機嫌のようだった。先祖代々住んでいる私にとっては見慣れた風景だが、彼には新鮮《しんせん》なのだろう。

採掘現場まで案内する。

「労働者は、屑鉱石しか出てこないと嘆いています。しかし僕からすると、財宝がそこら中に捨ててあるようにしか思えないのですが……」

「「「え!?」」」

誰もが予想だにしない発言だった。

その言葉は本気か？

いや冗談か？

とにもかくにも、彼を本屋敷に連れていくことにした。

待たせている間に、一族の娘のエーディンを呼んでおく。豊満で肉感的な美女で、年頃はユウキと同じだ。

もし、彼が問題を解決した暁《あかつき》には、エーディンに嫁に行ってもらおう。

ユウキは、エーディンが持ってきた帳簿をパラパラとめくる。

「最盛期の利益の三倍まで引き上げましょう」

正気《しょうき》を疑《うたが》うような発言をした。

鉱石の産出量は減少傾向なのに、利益を最盛期の三倍まで引き上げる？

どのような奇跡を起こせば可能なのだ、それは？

その後、私は年若い彼から、経済の仕組み、お金を循環《じゅんかん》させ利益を得る方法といったことを教えてもらった。

時折、訳の分からない言葉を使っていたが、ユウキの話には妙な説得力があった。

私はユウキに、ジーグルト家の未来を託《たく》すことにした。

領地で唯一、精錬を行う炉の場所までやって来た。

そこでユウキは、我々が屑鉱石と呼んで嫌っていた物の本当の価値を見せると言った。

私はその言葉を信じ、技術者らに協力するように命じた。

ユウキが行ったのは、灰と鉛を使った完全に新しい精錬方法だった。そこから生み出されたのは――

「おおっ！　金や銀やミスリルがこんなに大量に！　これは魔法か？　奇跡か？」

「違います、伯爵様。知識と経験と技術によるものです」

屑鉱石から、何と貴重な金属が生み出されたのだ。

それから、彼はこのやり方を技術者に伝授した。技術者たちは、ユウキの言動一つひとつを見逃さないと必死になったのだった。

×　×　×

「当主様、本日の金属の精錬量です」

「うむ」

数日経過し、私は精錬所からの報告書を読む。

今まで投げ捨てていた屑鉱石は、大急ぎで回収させていた。

「……金が百二十キロ、銀が二百七十キロ、ミスリルが七十キロか。とんでもない量だな。

上出来ではないか」

私は終始《しゅうし》笑顔であった。

捨てていた屑鉱石がすべて貴重な金属に変わるとすれば、利益は三倍どころではない。もっと多くすることも十分可能であると計算できる。

近年、金属需要は高まる一方なのに、生産量は落ち続けている。精錬すればするほど、我が領が儲かる環境ができているのだ。

重臣が真面目な顔で告げる。

「しかしながら現状は、精錬を行う炉が小さく、一つしかございません。そのためこれ以上の増産は難しいかと……」

屑鉱石はあり余るほど採れる。だから、金属精錬業を本格的に行うべきなのだが……それをするには、設備が揃っていなかった。

「分かっておる！　すでに冒険者ギルドへの応援を頼んでおる」

ユウキは、鉱石採掘業から鉱石精錬業へ切り替える際の問題点を指摘していた。設備のこともそうだが、精錬を行う人材の問題もあったのだ。

幸い冒険者ギルドには優秀な技術者が余っているそうで、私はすでに手配していた。

「ところで、ユウキ殿はどこに行かれたのですか？」

本来であれば、ここで彼の仕事は終了のはずなのだが、彼はさらに大きな仕事を引き受けてくれると言ったのだ。

それが、新たな鉱山の発見だ。

以前から私たちも調べていたが、芳しい成果が出ていなかったのだが——

×　×　×

「これが調査した結果です」

一ヶ月後、ユウキ出された地図には無数の印が書かれていた。

これが、すべて候補だとは……よく地図を見てみると、その印は山ではなく小さな丘や平地に印に書かれていた。

「現在、調査隊に埋蔵量を調べてもらっています」

その調査を待ってからだが、かなり確度が高く、期待が持てるらしい。中には露天掘《ろてんぼ》りが可能な場所もあるそうだ。

数日後、調査隊の一部が帰ってきた。

報告書には、目を疑うようなことが書かれていた。小さな丘や平地であるにもかかわらず、その鉱石の埋蔵量は、今までの鉱山をはるかに凌《しの》ぐほどであると。

「アルベルトを呼べ」

すぐにやって来たアルベルトに説明する。

「――ということなのだ」

「父上、嘘ではありませんよね？」

まともに考えればそう思うだろう。

だが、この情報が嘘ではないことは、すでに確認されている。

「……信じがたいことですが、父上の言葉です。し、信じましょう」

アルベルトは呆《ほう》けていた。あまりの衝撃に理解が追いつかないのだろう。

私はアルベルトを叱咤《しった》する。

「のんびりしている暇はないぞ」

「わ、分かっております」

今後、我が家に入る利益は莫大なものになる。

そうなれば、周囲からいらぬ横槍が飛んでくるのは間違いないだろう。

誰と手を組むのか？　国にはどのように報告するのか？　考えなければいけないことは数多い。だがその一方で――

ユウキ殿がここにいられる時間は少ない。

すでにユウキの依頼は完了しており、もしかしたら今日が最後になるかもしれないのだ。

いつまでも若い彼を頼ってはいられない。

私は今やるべきことを急がせる。

「すぐさま、冒険者ギルドとの関係の強化に尽力せよ。周囲の貴族との関係の良好化にも努めるのだ」

そうして、私は夢想《むそう》する。

もし、私がユウキと同じ年頃であったのなら――同じ夢を目指す親友になれたかもしれない。その夢の先には大偉業が待っているはずだ。

だが悲しいかな、私は彼の時間に付き合える猶予があまりない。

彼が目指す先に何が存在するのか――それを知る頃には、私は天国に旅立っているだろう。その役目は、跡取りのアルベルトらに任せるしかない。

ユウキに最大限の礼を尽くして送り出そう、そう考えていたとき――

「当主様、アルベルト様、大変でございます」

突如《とつじょ》としてトラブルがやって来《き》た。

せっかくの大事な時間を踏み荒《あ》らす愚か者どもめが。

×　×　×

アウドース男爵を筆頭として、厄介な貴族たちがジーグルト伯爵に会いたいと押しかけてきた。

普通は事前に予約などしてくれるものだが……どうもこの世界の貴族はそうした最低限の気遣いさえできないらしい。

ジーグルト伯爵もアルベルトも、迷惑そうな表情をしている。

もうすでに部屋の前まで来ているそうなので、今さら出ていけない。

僕、ユウキはジーグルト伯爵に言う。

「伯爵様。本来であれば退席したいところですが……」

「すまぬが、家臣の一人として振舞ってくれないか。私たちだけで対処すべきところだが、それも荷が重くてな」

アルベルトも同じ意見だった。

僕は仕方なく脇《わき》に控えることにした。


「ジーグルト伯爵、久方ぶりだな」

アウドース男爵がズカズカと部屋に入ってくる。

身なりは豪華《ごうか》で華美《かび》だが、貴族らしからぬ様子である。

そもそも男爵が、伯爵と対等であるかのように振る舞っているのはおかしいのだ。ジーグルト伯爵は温厚《おんこう》だから許しているが、普通なら即座に首が飛ぶ。

アウドース男爵はアルベルトに気づくと、乱暴に声をかける。

「あ？　アルベルトも一緒なのか？　なら話が早いな」

礼儀以前の問題だ。

僕と親しくしている大貴族がこんな光景を見れば――

「上位者に対してその態度はありえない！　無礼すぎる！　縛り首だ！」

そう、声を荒らげるだろう。

ジーグルト伯爵とアルベルトは愛想笑《あいそわら》いを浮かべている。たぶん、怒りを超えて呆れているのだろう。この様子ではこういう振る舞いをされるのは一度や二度ではなさそうだ。

アウドース男爵は唾《つば》を飛ばし、興奮《こうふん》しながら言う。

「おお、実はな。儲かる話を考えたのだ！　我ら貴族の叡智《えいち》でな！」

アウドース男爵の粗雑《そざつ》な振る舞いにその場の空気が凍《こお》りつくが、彼はそれにすら気づいていない。

儲かる話とのことだが――ジーグルト伯爵家は、僕が教えた灰吹法を使って金属の大規模生産に舵《かじ》を切ることになっている。

今さら儲け話などいらないと思うのだが、ジーグルト伯爵は返答する。

「ど、どのような話……なのかな？」

一応話は聞いてあげるようだ。

無視して追い返してもまたやって来るだけ。今回だけ聞いて、それで終わらせるということなのだろう。

「さすが伯爵だ！　それでだな……」

その後、アウドース男爵の説明は一時間以上続いた。

……って、もういい加減にしてほしいところなんだが！

アウドース男爵はまだ説明を続けている。だが、話している内容のほとんどは、妄想《もうそう》のような話だった。

ジーグルト伯爵はメイドにお茶を淹《い》れさせ、別の仕事をしつつ、アウドース男爵の長講釈《ちょうこうしゃく》を聞いている。とはいえ、大半は右耳から左耳へ流しているだけである。それくらい無意味な内容なのだから仕方ない。

僕は一応、彼が語る事業内容を精査《せいさ》してみた。

結論から言えば、見るべきところのない妄想に過ぎなかった。ある場所で成功した商売のやり方を、そのままなぞって話しているだけなのだ。

アウドース男爵の妄想話は、トータル二時間を少し超えた頃にようやく終了した。

「……我らが考えた叡智、理解したか！　これはとっても有益な話なんだ。素晴らしく最高な方法なので、投資を行うべきだろ」

ジーグルト伯爵とアルベルトはため息をつくと、僕を側に呼びつける。

「……ユウキ殿、一応聞いておきたいのだが、投資に値すると思われるだろうか？」

ジーグルト伯爵が小声で尋ねてきた。

僕は嘘偽《うそいつわ》りないの答えを言う。

「彼の考えた方法は……無駄金になる可能性が極めて高いです」

「……だろうな」

温厚なジーグルト伯爵も、さすがに今回は我慢の限界だったようだ。頭痛を堪《こら》えるように額に手を当てている。

「さすがにうんざりした」

「ユウキが言うことが間違っていたことは一度たりとてありませんでした。奴らとは今後距離を置きましょう」

ジーグルト伯爵もアルベルトも、アウドース男爵とは縁を切ることにしたようだ。

その後、アウドース男爵たちは丁重に帰されたものの、今後は門前で追い払うように言い渡されるのだった。

「まったく、ユウキ殿とは良い別れ方をしたかったのだが……邪魔《じゃま》しおって」

ジーグルト伯爵はそう愚痴をこぼした。

そして僕に向かって告げる。

「無駄に長い話でウンザリしておろう。しばらくここに滞在《たいざい》していかれてはどうかな？ 山しかないところだが、自然は豊富だぞ」

「そうですね。良い空気ですし」

しばらくゆっくりしてみるのもいいかな。

まぁ、陶芸事業もキノコ栽培事業もあるし、ユーラベルクの支部長であるリサとしては、僕に早く帰ってきてほしいだろうけど……

いや、ここで断るのは失礼だな。

僕は、この地で体を休めることにした。

すると、ジーグルト伯爵は嬉しそうに言う。

「そうかそうか。アルベルト、ユウキ殿を客室に案内しなさい。美味い食事も用意しよう」

「分かりました、こちらへ」

こうして、ジーグルト伯爵家で骨休めをすることになったのだった。

× × ×

「おはようございます」

「ユウキ殿、おはよう。その様子では良い気分で休めたようだな」

「はい」

ベッドは綺麗でフカフカだったたし、質素だけど美味しい料理も十分食べられた。さすが伯爵なだけはある。

「伯爵様」

「何かな？」

「何かお困りのことがあるようですね？」

僕がそう問うと、ジーグルト伯爵はキョトンとしていた。だけど僕には分かる。ほんのわずか、表情が曇《くも》っていたのだ。

「顔には出さないようにはしていたのだが……ユウキ殿はどこまで相手を見ているのだ」

「ご相談があるのなら聞きますよ。それも仕事の範疇《はんちゅう》なのですから」

そう告げると、ジーグルト伯爵は大きく息を吐いて話し始める。

「ふぅ、そうだな。ここは頼らせてもらうことにしようか……」

内容は、農地の開拓だった。

農地を広くしたいのだが、大きな木や切り株や岩が邪魔となり、発展を妨《さまた》げている、取り除きたいのだが、強い力を持つ馬や牛でないと不可能。だけど、その数が足りず、作業が進展しないそうだ。

それくらいなら、僕の力で十分すぎるな。

さっそくその場所を聞いて、僕は仕事をすることにした。

「これが、問題の切り株なんだね」

「はい。よろしくお願いしますだ」

ジーグルト伯爵から問題の場所を聞いた僕は、即座に現地に向かい、それを確認する。

結構大きな切り株が農地の真ん中にあった。

確かにこんなのがあると、畑の発展には邪魔だな。

農耕用の馬や牛がいれば引き抜くことができるが、馬や牛は値段が高く貴重なため、伯爵家でも数は多くない。なので、こうした問題があっても農民には貸せない事情があった。

さっそくその切り株に太い縄《なわ》をしっかりかけて――

「うんっ、せっ！」

腰を落として全力で引っ張る。

すると、徐々に切り株は動き出し、最後には地面から抜けた。

「ふうっ」

「おおっ！　あの大きな切り株が抜けたぞ！」

農民たちは大喜びだった。

その後、同じ作業を繰り返して、農地にあった切り株を全部抜いた。

「抜いた切り株のあと始末はお願いしますね」

「はい、ありがとうございますだ」

他の農家でも同じ問題が起こっているらしいので、僕は急いでその場所に向かう。

「この木か」

「はい。昔から生えてはいたんですが……農地を拡大するためには、この木を切り倒して抜かないといけなくなりまして」

次の農家では、農地を拡大したい範囲に生えている太い木に困らされていた。

これを切り倒せば農地が拡大できるだろうが、木が太すぎて普通の木こり斧では刃が立たないそうだ。

確かにかなり太く、これを切り倒すのは骨だろう。

「分かりました」

さっそく木の切り倒しにかかる。

僕は、特注の巨大な木こり斧を取り出して――

「せぇの！」

一心不乱《いっしんふらん》に振った。

ガンガンガンガン。

けたたましい音が鳴り響《ひび》く。

僕が斧を豪快《ごうかい》に振り抜くと、木は派手な音を立てて倒れた。

「……す、すごい。あの木をこんな短時間切り倒してしまった」

その後、さっきと同じように太い縄を使って切り株を抜く。その作業を何度も行い、すべての木を取り除いた。

「これで終了です」

「本当にありがとうございます」

お礼の言葉を受けて、次の場所に向かう。

「この大岩が問題なんだね」

「はい。これが農地の近くにあっては畑を広くできないので……」

次の農家の依頼は、大きな岩の排除。

場所からすると、これがあると畑が歪《いびつ》になるそうだ。移動させるのも破壊するのも難しく、頭を抱えていたとのこと。

移動させても良いが……破壊して小さくして移動させたほうがいいだろう。このまま移動させても、結局、邪魔になるだけだしね。

すべてを鋼で製作した巨大なハンマーを取り出す。そして、他の人には下がってもらう。

「うりゃっ！」

ハンマーを渾身《こんしん》の力で振る。

ガキィン、ガキィン、ガキィン。

ハンマーと大岩がぶつかり、小さな岩が飛び散る。

僕のほうにも飛んでくるが無視して、ひたすらハンマーを振るう。岩は一撃ごとに小さくなり、最後には手で運べる程度の大きさになった。

「うし」

「あ、あんな大岩をあっという間に砕いちまうとは」

農民らは驚いていた。

「これで終了です」

「あ、ありがとうごぜぇますだ！」

その後も僕は領地内の農家に行っては、木や切り株や岩を排除していくのだった。

× × ×

「ユウキ殿、我らの抱えていた問題を迅速に解決してくれてありがとう」

「誠に感謝いたします」

「いえいえ」

僕は、ジーグルト伯爵、アルベルト、エーディンと一緒に夕食をともにすることになっていた。二人は僕を下に置かぬもてなしをしてくれている。

「さて、大層なものではないが、食事にするとしよう」

そうして食事となる。

「ユウキ殿は賢者《けんじゃ》であるだけではなく、力持ちでもあるのだな」

「そのような人物と知り合えて、我らは幸運ですね、父上」

「そんな方の嫁に行けて、私は幸せ者です」

三人は終始、笑顔であった。

お酒をすすめられたが、僕はアルコールの類《たぐい》は弱いので遠慮《えんりょ》した。

ジーグルト伯爵が不思議そうな顔をする。

「酒に弱いとは意外ですな」

「……どうも、僕の一族は酒全般がだめで」

どういうわけか、一族の大半が酒には弱いのだ。これは遺伝的なものらしい。

「すみません」

「まぁ、取り立てて欠点という欠点でもなかろう」

「ですね」

ジーグルト伯爵もアルベルトも気にしないでくれるようだ。

僕は話題を変えて尋ねる。

「それよりも、精錬所で生み出される金属ですが、そろそろ利益三倍に届きそうですか？　鉱石の産出量自体は減っていると聞いたのですが……」

金属は高く売れるのだが、鉱山から採れる量は限界がある。利益を三倍にすると明言したので、その点が気がかりだった。

ジーグルト伯爵が言う。

「そちらのほうは大丈夫だよ。近年は金属は相当値が上がっておるから、計算では今までの二倍以上は見込める。ユウキ殿が明言した最盛期の三倍にするというのにはしばらくかかるだろうが、現実的な数字となった」

どうやら、嘘つきにはならずに済むようだ。

近々冒険者ギルドの金属の専門家を呼んで、製錬した金属を鑑定《かんてい》させるそうだ。その結果が良ければ、冒険者ギルドに優先的に回せるようになるという。

「上手くいけば、冒険者ギルドとより親密《しんみつ》な関係を築けるかもしれん。それもこれもユウキ殿おかげだ」

そんなに大したことはしていないのだが、三人は僕を褒め称《たた》えてくれた。

楽しい食事は終わり、そのまま寝るのだった。


翌朝。

「おはようございます」

「ユウキ殿、おはよう」

昨日と同じく三人で食事を取る。

「それでは、いってまいります」

「いってらっしゃいませ」

まだ数件だけ農家の問題が残っていたので、その解決に向かう。

木を切り倒し、切り株を抜き、岩を取り除く。それが終わり、ジーグルト伯爵家の屋敷まで戻ると――

「……？」

どういうわけか、屋敷は騒然としていた。

何かあったのだろうか。

顔面蒼白《がんめんそうはく》のメイドに連れられ、当主の部屋に通される。僕を待っていたらしいジーグルト伯爵に慌てて告げられる。

「ユウキ殿、大変なことが起こったのだ！」

「どうされたのですか？」

「エーディンが誘拐されてしまった……」

「えっ？」

エーディンがメイド数人と花摘《はなつ》みをしていたところ、正体《しょうたい》不明の集団に襲われたらしい。メイドたちはすぐに釈放《しゃくほう》されたものの、エーディンだけは連れ去られてしまった。

メイドが持たされていた紙には――


『娘を返してほしくば、跡取り一人で指定の場所まで来い』


そう書いてあった。

「これから領地を盛《も》り上げていこうという大事なときに、護衛も付けずに、メイドだけで行かせたのは迂闊であった……」

「父上、急ぎ対策を」

冷静さを欠くジーグルト伯爵を、アルベルトが落ち着かせる。

鉱石の精錬事業が軌道に乗り、ジーグルト伯爵家がお金を貯め出したそのタイミンである。それを見計らったように、一族の娘が攫《さら》われてしまった。

……偶然にしては、時期が良すぎるな。

僕は、ジーグルト伯爵に告げる。

「当主様、僕に考えがあります。ここは手紙にあったように、アルベルト様一人で行ってもらいましょう」

「……な、何だと」

二人は驚いていたが、僕には考えがあった。

それを僕はこの場にいる人だけに伝えた。

×　×　×

そして――

「お、約束通り跡取りのアルベルト様一人だけで来たようだな」

「……」

「あ？　なんだ、怯えてるのか」

まるで弱者を貶《おとし》めるような発言に、私、アルベルトは少しばかり怒り、そしてわずかながら恐怖する。

だが、ユウキの立てた作戦に従い、エーディンのところまで連れていかれなくては。

不安はあるが、大丈夫だ。

私は恐怖を隠し、強気で言い放つ。

「ごたくはいい。エーディンは無事なのだろうな？」

「ああ、それはもう安全さ」

誘拐犯たちはすでに気を抜いているようだ。

ともかく、彼女の安全を確認しなければ。

誘拐犯についていく。

暗い道を歩いてやって来たのは、一軒の廃屋《はいおく》だった。


「ア、アルベルト様！」

「エーディン！」

エーディンは縄で縛られていた。この様子では相当怯えていたのだろう。衣服が汚れてはいるが、怪我はしていないようだ。

彼女が尋ねてくる。

「……なぜここに」

「君を助けに来たのだ」

するとエーディンは非難するような目を向けてきた。跡取りである私が一人で来ていいわけがないのだ。

彼女は、悲しそうに首を横に振る。

「へへっ、感動のご対面だ」

誘拐犯数人が笑っている。下卑《げび》た笑いだ。

リーダー格の男が告げる。

「さぁて、解放する条件を言おうか……それはだな、領地の権益を半分をよこせ」

「……異常な取り引きだな」

私がそう言うと、リーダー格の男はニヤニヤしながら応える。

「ああ、異常さ。だが、それで女の命が助かるなら安いだろ?」

直後、誘拐犯たちは武器を構えて私を取り囲んだ。初めから、こうして脅すつもりだったのだろう。

数にして二十はいる。

リーダー格の男が凄む。

「さぁ、返答を聞かせてもらおうか？」

「ああ、そうだな」

だが、これもユウキが予想していた展開だった。

では、作戦通り進めるとしようか。一応、エーディンの安全も確認できたのだ。下手《したて》に出る意味はなくなった。

私はぼそりと告げる。

「……返事は、貴様らは皆殺しだ」

「えっ？」

すると、私の足元から黒い影が立ち上がる。

「な、何だぁ？」

その黒い影は人の形になると、誘拐の人を一撃で倒した。

突然の展開に、その場は騒然となる。

「ヒ、ヒイッ！　な、何だよこれは！」

怯えて逃げ惑う誘拐犯たち。

影は素早く動き、次々と誘拐犯たちに致命傷《ちめいしょう》を与えていく。

何人かの誘拐犯が反撃しようとするが、黒い影はどこかに消え、そしてまた現れる。敵の足元や敵の背後から。

そうして、二十人もいた誘拐犯たちは一人ずつ倒されていき、あっという間に最後の一人となった。

安全が確保された私は、その生き残った誘拐犯を問い詰める。

「貴様らの依頼主は誰だ？」

「い、言えるわけがねぇだろ！」

すると、黒い影はそいつを殴りつけた。

「ぎゃうっ！」

「聞こえなかったのか？」

「ひ、ヒィッ！」

反論しようとすれば、得体《えたい》の知れない黒い影が腹を殴りつける。何度でも、何度でも、何度でも。

だが、誘拐犯はなかなか口を割らなかった。

すると、影はそいつの手を掴み、指の一本を――

ベキィッ。

「ギャァァ～！」

へし折ってしまった。

その後も一本一本折っていく。やがてそいつは観念《かんねん》したのか、依頼主のことをペラペラと話し出した。

「……そうか、アウドース男爵らか」

「そ、そうだよ！　奴らは自分らの話に興味を示さず、また金も出さずに帰したことを逆《さか》恨《うら》みしたんだよ！」

「分かった。お前は命は助けてやるが、連行していく」

男が黒い影に縛り上げられていく。

そいつを廃屋の外に出してから、黒い影は戻ってきた。

エーディンは、私たちを守ってくれた黒い影の存在が不思議なのだろう。首を傾げ、困惑げに見つめている。

「ア、アルベルト様？　この黒い影はいったい……」

「安心してほしい、これは味方だ」

そして、「君も知っているはずだ」と伝える。

すると、黒い影が正体を見せる。

「ユ、ユウキ様⁉」

「待たせてごめんね、怖かったでしょう」

エーディンは突進する勢いで、ユウキに抱き着いた。

× × ×

ちょっと時間をさかのぼって、僕、ユウキがエーディンが誘拐されたことを知った直後のこと。

僕は、誘拐犯の大体の目的を予想していた。

伯爵家の一族の娘を誘拐するというのは、平民には考えにくい。また、アルベルトを一人で来させようとしているのも妙だ。

つまり誘拐犯の黒幕は貴族であり、アルベルトを知っている人物。ジーグベルト伯爵家の資金を狙っているのは間違いあるまい。とはいえ実行部隊は貴族のはずはないから、きっとごろつきでも雇っているだろうな。

僕は、ジーグルト伯爵、アルベルト、またその場にいた家臣たちに告げる。

「ここはアルベルト様一人で行かれたほうがいいでしょう」

すると、ジーグルト伯爵は声を上げる。

「ユ、ユウキ殿、それはあまりに危険すぎる」

「分かっております」

ここで、犯人がどういう集団であるか、僕の予想と考えを説明した。

ジーグルト伯爵は深く頷く。

「……なるほど、誘拐犯らは金で雇われたごろつきで、その背後にいるのは無職の貴族らなのだな」

「おそらく」

「奴らめ、愚かなことをしおって」

ジーグルト伯爵が悔《くや》しそうに言う。

そこへ、家臣の一人が進言する。

「しかし、アルベルト様お一人で行かせるのは危険が大きすぎます！」

誰か護衛を付けさせるべきだ、という主張らしい。

だが、それは良くない。

「護衛を付けさせると、エーディンの身に何が起こるか分かりません。それで相手を刺激してしまい、状況が悪化することも考えられます」

なので、「僕一人だけで護衛をする」と伝えた。

さらに「誰にも見られないように」だ。

「ど、どのように？」

僕は魔法のバッグから漆黒《しっこく》の外套《がいとう》を取り出す。細部が金糸で刺繍された、大貴族家から預けられた魔術の防具である。

「『影縫《かげぬ》いの自分《じぶん》』」

外套を羽織《はお》り、その言葉を唱えると、僕自身が漆黒の影となり輪郭《りんかく》がぼやけていく。

そして――

「ユ、ユウキ殿、いったいどこに？」

全員が、姿が見えなくなった僕を探している。

「ここです、アルベルトさん。あなたの足元です」

アルベルトは、足元から聞こえる僕の声に驚く。

僕は影そのものになっているのだ。

「そ、そこにいるのですか？」

「はい、これならば誰にも気がつかれずに護衛できますし、ついていくことができます」

そして作戦を伝えたのだった。

アルベルトは誘拐犯のところへ向かったが、一人ではなく、その足元には常に僕がいた。

そして、エーディンのところまでたどり着いたところで、僕が誘拐犯らを倒していったというわけである。

今の状況は――

「怖かった！　怖かったです！」

「落ち着いて」

エーディンは涙を流しながら僕に抱き着いている。これはこれで役得だが——今後の対策を練らないといけない。

アルベルトが尋ねてくる。

「ユウキ、このあとはどうする？」

最初にやることは、誘拐犯の死体のあと始末だ。跡形も残らず消すために、廃墟《はいきょ》に油を撒いて焼き払う。

これで遺体の身元は分からなくなった。

生き残りの一人を連れ、僕らはジーグルト伯爵家まで戻る。


「アルベルト！　エーディン！　よく無事で戻ってきてくれた」

ジーグルト伯爵や家臣らはずっと待っていてくれたようだ。

「父上、ご心配をおかけしました」

「当主様、ごめんなさい」

そんな二人を気遣うように、ジーグルト伯爵は笑顔を向ける。

「私に頭を下げる必要はない。すべてはユウキ殿のおかげだ」

お礼を言うのならば僕だと、そこにいた全員が頭を下げてくる。

ジーグルト伯爵は、僕らが連れてきた男を見て尋ねる。

「そいつが誘拐犯か？」

「そうです」

アルベルトがジーグルト伯爵に言う。

「伯爵、こいつは証人です。まだすべてを聞き出してないので、生かしておく必要性があります」

「分かった。牢屋《ろうや》に連れていけ」

家臣らは男を牢屋に連れていった。

その後、僕ら話し合い、また何か仕出かしかねないアウドース男爵への対策を万全にするのだった。

× × ×

異世界に転移してから随分経った。

解体しかできない役立たずの勇者「解体の勇者」として僕を蔑《さげす》み、さんざん嫌なことをしてきた勇者のパーティの面々。

中でもリーダーのベルファストは最悪だったが――何だかんだ不幸な目に遭ってばかりの可哀想《かわいそう》な奴だったな。

その勇者のパーティと合流したジークムントは、ベルファストに輪をかけて醜い性格の男だった。こいつとはもう二度と会いたくないが……

貴族にもいろいろ会ったが、基本的に世襲貴族にはろく奴がいなかった。働かず、権利だけを主張するクズばかりだ。今回迷惑をかけられたアウドース男爵も、これだけでは済まないような気がする。

異世界を旅する中でこういう嫌な奴と巡り合うことはあったが、それ以上に良い出会いにも恵まれた。

勇者パーティを追放されたあと、初めて仲間になってくれた神官騎士のリフィーア。そしてエリーゼ、リラ、フィー、ミミ。皆、食いしん坊なのが困り物だが、解体技術も覚えてくれたし、パーティとして頼れる仲間だ。

家臣にも恵まれた。ガオム、リシュラ、リシュナ、ウルリッヒ、ミオ、リナは僕を信頼し、任された事業を拡大してくれている。

冒険者ギルドの人々にも本当に世話になった。陶器作り、キノコ栽培をはじめ、中途半端《ちゅうとはんぱ》になったままの事業が多いから、そろそろ本腰入れて取り組まないといけないな。

この先、どんな出来事が僕を待ち受けているか分からない。

また嫌な奴と遭遇《そうぐう》するかもしれないし、これまで経験したことのない大きなトラブルに見舞われるかもしれない。

だが、僕には解体技術をはじめとした前の世界の知識がある。

これらを活かし、この世界を楽しんでいきたいと思う。ときに派手に悪い奴らをやっつけつつ、自分らしくのんびりと生きていこう。

「銀座編」大好評発売中！
累計650万部(電子含む)突破！
ゲートSEASON1～2
大好評発売中！
コミックス最新22巻
2022年12月
刊行予定!!
SEASON1　陸自編
単行本
●本編1～5／外伝1～4／外伝+
●各定価:本体1,870円(10%税込)
文庫
●本編1～5〈各上・下〉／外伝1～4〈各上・下〉／外伝+〈上・下〉
●各定価:本体660円(10%税込)
漫画
漫画:竿尾悟
●1～21(以下、続刊)
●各定価:本体770円(10%税込)
SEASON2　海自編
単行本
●本編1～5
●各定価:本体1,870円(10%税込)
文庫
最新5巻〈上・下〉
大好評発売中!
●本編1～5〈各上・下〉
●各定価:本体660円(10%税込)

ネットで人気爆発作品が続々文庫化

アルファライト文庫 大好評発売中!!

余りもの、「最弱スキル」のおまけに
最強レアスキルがついてきた!?

ギフト争奪戦に乗り遅れたら、ラストワン賞で最強スキルを手に入れた 1

みももも Mimomomo illustration 寝巻ネルゾ

勇者大量召喚でスキル争奪戦勃発——。
ラストワン賞は超レアな「聖剣／魔剣召喚」!?

高校生の明《あけ》野《の》樹《いつき》は、ある日突然、たくさんの人々とともに見知らぬ空間にいた。イツキたちはこれから勇者として異世界に召喚されるらしい。この空間では、そのためにギフトと呼ばれるスキルが配られるという。当然勃発するギフト争奪戦。元来積極的な性格ではないイツキは、その戦いから距離を置いていたのだが……。異世界集団勇者ファンタジー、待望の文庫化!

文庫判　定価：671円（10%税込）　ISBN：978-4-434-31320-2

アルファライト文庫

この作品に対する皆様のご意見・ご感想をお待ちしております。

おハガキ・お手紙は以下の宛先にお送りください。

【宛先】

〒150-6008 東京都渋谷区恵比寿 4-20-3 恵比寿ｶﾞｰﾃﾞﾝﾌﾟﾚｲｽﾀﾜｰ 8F
（株）アルファポリス　書籍感想係

メールフォームでのご意見・ご感想は右のＱＲコードから、
あるいは以下のワードで検索をかけてください。

アルファポリス　書籍の感想　検索

ご感想はこちらから

本書は、2021 年 6 月当社より単行本として
刊行されたものを文庫化したものです。

解体《かいたい》の勇者《ゆうしゃ》の成《な》り上《あ》がり冒険譚《ぼうけんたん》３

無謀突撃娘（むぼうとつげきむすめ）

2022年 12月 31日初版発行

文庫編集－中野大樹
編集長－太田鉄平
発行者－梶本雄介
発行所－株式会社アルファポリス
〒150-6008東京都渋谷区恵比寿4-20-3恵比寿ガーデンプレイスタワー8F
TEL 03-6277-1601（営業） 03-6277-1602（編集）
URL https://www.alphapolis.co.jp/
発売元－株式会社星雲社（共同出版社・流通責任出版社）
〒112-0005東京都文京区水道1-3-30
TEL 03-3868-3275
装丁・本文イラスト－鏑木康隆
文庫デザイン—AFTERGLOW
（レーベルフォーマットデザイン－ansyyqdesign）
印刷－中央精版印刷株式会社

価格はカバーに表示されてあります。

落丁乱丁の場合はアルファポリスまでご連絡ください。

送料は小社負担でお取り替えします。


ISBN978-4-434-31322-6 C0193